Der steinerne Markgraf

Ines Schäfer

Der steinerne Markgraf

Erlanger Stadtkrimi

FAHNER VERLAG

Impressum

Die Deutsche Bibliothek - CIP-Einheitsaufnahme

Schäfer, Ines:
Der steinerne Markgraf: Erlanger Stadtkrimi /
Ines Schäfer. - Lauf a. d. Pegnitz: Fahner, 1999
ISBN 3-924158-40-1

Satz, Repro, Druck: Fahner GmbH, Nürnberg

14. Auflage 2011
Erschienen im Fahner Verlag, Lauf

Für meine Kinder, die in dieser Stadt
geboren sind

Ähnlichkeiten mit tatsächlich lebenden Personen sind nicht beabsichtigt (bis auf unser verehrtes Stadtoberhaupt – es möge uns verzeihen!). Die Orte der Handlung aber sind real, wie jeder Erlanger weiß.
Studenten, die sich nach der Lektüre des Buches für das Fach Finnougristik interessieren, müssen wir enttäuschen; es wird nur in München, nicht aber in Erlangen gelehrt.

I

Hier genießen Sie die echte fränkische Küche!
Preiswert und köstlich!
Schweinebraten mit Kloß und Salat 9,80 DM
Schäufele mit Kloß und Blaukraut 12,90 DM
Unsere Spezialität: Frischer Spargel!

Krachend fiel das Schild genau in dem Moment um, als die beiden alten Damen aus dem Wirtshaus traten. Mit einem kleinen Schrei griff die eine von beiden nach ihrem beigen Wollhut. Sie hatte ihn während des Mittagessens nicht abgenommen und wollte ihn nun ungern in der Windböe verlieren, denn der Hut war solide, praktisch und, wie sie fand, zeitlos. Außerdem hatte sie während des Essens geschwitzt und mutmaßte, daß die Reste ihrer Frisur unter dem Hut kläglich aussahen.

Der Windstoß fuhr unter die blauweiß karierten Tischdecken, wirbelte ein paar Speisekarten hoch und fegte die Servietten der Gäste vom Tisch, die den ersten schönen Tag seit langem nutzten, um ihr Sonntagsessen im Freien einzunehmen. Zwar war der Boden im Wirtsgarten noch feucht, aber die Bedienungen hatten die Tische abgewischt und Sitzkissen auf den Klappstühlen verteilt. Die Sonne schien durch das sanftgrüne Laub. Sonnendurstig reckten die Gäste ihre Gesichter ins Licht, genossen Weißbier, Braten und Frühling und ließen sich nach der langen Regenzeit auch von den kräftigen Windstößen nicht vertreiben. Man sammelte die Servietten ein, strich die Tischdecken glatt und griff wieder zu Messer und Gabel.

Die beiden alten Damen allerdings hatten drinnen gegessen.

„Es zieht hier draußen“, hatte Lotte mit anklagendem Blick zu ihrer Freundin Mathilde bemerkt, die Schultern fröstelnd nach oben gezogen und ihre Freundin ins Innere des Lokals dirigiert. Hier drinnen waren sie die einzigen Gäste.

Seit sie beide verwitwet waren, trafen sich die beiden Damen häufiger am Sonntag.

„Ich hole dich am Sonntag um halb zwölf Uhr mit dem Auto am Altersheim ab“, hatte Mathilde die Tage am Telefon vorgeschlagen.

„Bitte, Mathilde, zum letzten Mal, das ist kein gewöhnliches Altersheim, ich lebe in einem Seniorenstift.“

„Und wenn schon, trotzdem sind da oben bei dir doch nur alte Leute“, versetzte ihre Gesprächspartnerin.

„Nun gut, ich werde es mir überlegen.“ Lotte hatte beschlossen, für dieses Mal die Spitze zu überhören.

Eigentlich gab es da nicht viel zu überlegen. Auf dem Speiseplan, der in jedem Stockwerk des Stifts aushing, war für Sonntag Eierschöberlsuppe und Ente mit Kloß angekündigt. Lotte haßte Eierschöberlsuppe seit frühester Kindheit. Die Ente war erfahrungsgemäß zäh und bereitete der Prothese Schwierigkeiten. Außerdem bevorzugte Lotte Salzkartoffeln als Beilage, was ihr bei Gelegenheit schon einmal eine spitze Bemerkung ihrer Freundin eingetragen hatte. Mathilde äußerte unverblümt die Meinung, zu Ente könne man wirklich absolut nichts anderes essen als Klöße. Ob gekochte, rohe oder Mehlklöße, na schön, das sei Glaubenssache, aber Salzkartoffeln! Das sei ja wohl wirklich schade um die schöne Ente! Mathilde hatte sich geschüttelt und erklärt, sie habe schon immer den Eindruck gehabt, daß „die Preußen“ auf einer niederen Kulturstufe steckengeblieben seien.

Angesichts der kulinarischen Alternativen für den nächsten Sonntag ließ Lotte schließlich ihre Freundin telefonisch wissen, sie sei unter Umständen bereit, Mathilde beim Mittagessen im Gasthaus Gesellschaft zu leisten, lege aber Wert darauf, pünktlich abgeholt zu werden. Auf die abschließende Bemerkung ihrer Freundin: „Da kannst du mal frischen Spargel essen. Ihr da oben bekommt ja sonst nur welchen aus der Dose", hatte sie vorgezogen, nicht zu antworten.

Nun war das Mittagessen beendet, Lotte wurde von einer bleiernen Müdigkeit befallen und verspürte den Wunsch nach ihrem gewohnten Mittagsschlaf. Wie sie befürchtet hatte, würde aber daraus nichts werden. Trotz der starken Windböen war ihre Freundin Mathilde von einem unerfreulichen Tatendrang erfüllt. Das Wetter sei doch herrlich! Wie geschaffen für einen kleinen Spaziergang an der Schwabach entlang! „Das ist gut für deine Osteoporose", setzte Mathilde hinzu.

Lotte seufzte. Ihre Freundin hatte freundlicherweise das Mittagessen bezahlt, das verlangte im Gegenzug ein gewisses Entgegenkommen. Sie beschloß ein weiteres Mal, eine Antwort herunterzuschlucken, faßte ihren Stock fester, hängte die Handtasche in die Ellenbeuge und begann neben ihrer Freundin mit vorsichtigen Schritten den Berg hinunterzugehen. Das Kopfsteinpflaster war glitschig, der Stock bot nur wenig Halt. Sie schwieg und konzentrierte sich auf den Weg. Ihre Knie schmerzten.

In dichten Gruppen kamen den beiden Damen Menschen entgegen. Ein Frühlingsspaziergang aufs Berggelände, das gehörte zur Tradition. Die Kinder wollten zusehen, wie die Karussells aufgebaut wurden; die Väter wollten bei den Kellern nach dem Rechten schauen. Die Mütter führten ihre Frühlingsgarderobe aus.

In wenigen Tagen würden sich hier die Menschenmassen heraufwälzen, wenn die Bergkirchweih begann. Die Lampions hingen schon hoch oben in den Linden und schwankten bei den heftigen Windstößen hin und her. Obwohl es Sonntag war, herrschte emsige Betriebsamkeit. Die Straße den Berg hinauf war an beiden Seiten zugeparkt mit Lastwagen. Grillstationen wurden aufgebaut, Losbuden bestückt, Kartons mit Lebkuchenherzen abgeladen, Popcornmaschinen poliert. Das große Bierzelt am Weg hinunter stand schon lange. Auf den Bankreihen davor saßen die ersten Unentwegten bei mitgebrachter Brotzeit: Emmentaler, Hausmacher-Stadtwurst, Radieschen. Kinder turnten an den Geländern.

Scharen von Menschen kamen den beiden alten Damen entgegen, unterwegs um wie jedes Jahr voll Erwartung die Vorbereitungen für das große Ereignis zu begutachten. Lotte war schon seit Jahren nicht mehr zur Bergkirchweih hier gewesen. Damals als Karl noch lebte ... Sie seufzte, teils wegen der Knieschmerzen, teils wegen der Erinnerung ...

„Einen Stich Butter", ihre resolut ausschreitende Freundin riß sie aus ihren Gedanken. „Spargel braucht einen Stich Butter im Kochwasser. Das macht ihn zart. Der heute war fade. Außerdem war er schlecht geschält, findest du nicht?"

Lotte zögerte, verlangsamte ihren Schritt und sah ihre Freundin irritiert an. Ihr hatte es geschmeckt. Steckte da schon wieder eine Spitze dahinter? Mathilde hatte schon mehrfach angedeutet, sie habe ihre Begleiterin immer für eine miserable Köchin gehalten und hege den Argwohn, der selige Karl sei auch deshalb so bereitwillig von der schönen Wohnung in der Stettiner Straße, die der Firma gehörte, ins „Altersheim" gezogen, um in Zukunft den Kochkünsten seiner Gattin zu entgehen.

Mathilde setzte gerade zu einem längeren Exkurs an,

der ihre Freundin (wenn nun auch leider zu spät) über die Zubereitung eines „vernünftigen Spargel" aufklären sollte, als sie am Fuß des Berges um die Ecke bogen.

„Nun guck dir das an, schon wieder ein Unfall!" Mathildes Stimme klang empört, aber nicht uninteressiert. „Möchte mal wissen, was jetzt schon wieder passiert ist. Dauernd kracht es da vorne an dieser Ecke. Kannst du dich noch an die Geschichte mit dem Radfahrer erinnern, dem alten ..., wie hieß er noch mal? Herrgott, du kennst ihn doch auch! Häberlein? Haberlein? Na egal, jedenfalls ist er – 1960 muß das gewesen sein – hier von einem Auto angefahren worden! Oberschenkelhalsbruch! Nach zwei Wochen war er tot!"

Lotte hatte sich auf ihren Weg konzentriert und hob erst jetzt den Kopf. In der Tat, dort vorne, jenseits der Ampel, auf der anderen Straßenseite sah sie die kreisenden Blaulichter, mehrere Polizeifahrzeuge, einen Notarztwagen – und eine Unzahl Schaulustiger. An der Ampel stauten sich die Autos.

Mathilde beschleunigte ihre Schritte und strebte auf die Kreuzung zu. Lotte versuchte ihr zu folgen.

„Ich sage ja immer schon, die Stadt sollte endlich etwas an dieser Kreuzung ändern. Verkehrsplaner! Wenn ich das schon höre! Schau dir doch an, was sie mit der Fußgängerzone gemacht haben! Kein Mensch findet sich da mehr zurecht!"

Mathilde, die mit ihren neunundsiebzig Jahren immer noch unverdrossen Auto fuhr, schnaubte und schritt noch kräftiger aus, um das Ereignis in Augenschein zu nehmen. Ihre Begleiterin nickte beifällig, während sie versuchte, Schritt zu halten.

„Das ist wahr, Mathilde. Man müßte an dieser Kreuzung wirklich etwas ändern. Karl ist auch nicht gerne diese Strecke gefahren."

Mathilde wischte diese Bemerkung ihrer Freundin mit einer Handbewegung weg. Sie war immer der Meinung gewesen, daß Karl genauso gut Auto fuhr wie Lotte kochte. Aber darum ging es ja im Moment nicht.

Die beiden Damen hatten die Kreuzung fast erreicht, und nun sahen sie, daß sie sich getäuscht hatten. Das Ereignis, das so viel Anteilnahme bei den Sonntagsspaziergängern fand, spielte sich nicht auf der Kreuzung, sondern wenige Meter weiter auf der Brücke über die Schwabach ab. Nein, um genau zu sein, nicht auf der Brücke, sondern offenbar unter ihr, am Fluß.

Zwei Polizisten bemühten sich pflichtbewußt, doch halbwegs erfolglos, den Verkehr über die Brücke am Laufen zu halten. Sie versuchten, die neugierigen Verkehrsteilnehmer vorbeizuwinken und die Fußgänger auf dem Gehweg, der zur Hälfte durch Rettungsfahrzeuge zugeparkt war, zum Weitergehen zu bewegen. Aber die Spaziergänger blieben einfach stehen, die Autofahrer bremsten, kurbelten ihre Fenster herunter und erkundigten sich, was es denn gäbe. Leider wußte noch keiner etwas Genaues.

Trotz des schönen Wetters stand niemand an der Eisdiele Schlange, wo man sonst an solchen Tagen schon sehr viel Geduld haben mußte, um an seine Tüte mit „Bisdazie-Schdrazadella-Schoklood mit-vüll-Soohne“ zu kommen. Die italienischen Eisverkäufer standen in ihren weißen Schürzen auf der Straße. Sie hatten ihre tiefschwarzen Sonnenbrillen aufgesetzt, die Arme verschränkt, und versuchten auch, das Geschehen unten am Fluß zu verfolgen.

Freilich sahen sie im Moment davon nicht mehr als die unzähligen Rücken der anderen Schaulustigen, die sich entlang der Brücke und zu beiden Seiten des Flusses stauten, um nur ja nichts zu verpassen.

Gerade erst hatte die Stadt entlang des Geländers die Blumenkästen mit Geranien bepflanzen lassen, um bei den Hunderttausenden Besuchern, die demnächst hier vorbei zum Bergkirchweih-Gelände pilgern würden, ein positives Bild zu hinterlassen.

Schließlich beschäftigte man nicht ohne Grund einen städtischen Imageberater. Nun lehnten sich die Spaziergänger rücksichtslos über die Neuanpflanzungen entlang des Geländers und drückten den Geranien die Köpfe ab.

Die beiden Damen hatten keine Chance, einen Blick auf das Geschehen zu werfen. Selbst Mathilde war zu wohlerzogen, um sich gaffend durch die Menschenmenge nach vorne zu schieben. Neugierig, doch in angemessener Entfernung, blieben die beiden stehen. Offenbar spielte sich das eigentliche Ereignis da unten, an der Böschung der Schwabach, ab. Die Leute, die durch glückliche Umstände einen Platz vorne am Geländer ergattert hatten, schauten gebannt auf den Fluß.

Ein Kind, das sich nach ganz vorne durchgewurstelt hatte, schrie voll Eifer nach hinten:

„Mama, da is einer im Wasser. Is der dod?"

„Schau sofffod desd widder herkommst. Des is nix fer Kinder", antwortete die Mutter.

Das Kind blieb, wo es war. Die Polizisten versuchten weiter erfolglos, die Schaulustigen zum Weitergehen zu bewegen. Mathilde ging entschlossen auf einen der beiden grün Uniformierten zu. Lotte war die offensichtliche Neugier ihrer Freundin peinlich, doch die ließ sich nicht zurückhalten.

„Man hat doch wohl ein Recht darauf, zu erfahren, was passiert ist. Wir zahlen ja auch genug Steuern, oder?" Damit wandte sie sich an einen der beiden Polizisten.

„Uns wurde eine leblose Person im Wasser gemeldet. Ich kann Ihnen nicht sagen, ob sie tot ist. Aber jetzt gehen

Sie doch bitte weiter, Sie behindern die Rettungsarbeiten."

Mathilde dankte und blieb stehen. Sie dachte gar nicht daran, sich diese Geschichte entgehen zu lassen. Lotte mochte zum Gehen drängeln so viel sie wollte.

Man hatte also einen Menschen im Wasser gefunden. Mathilde wiegte den Kopf. Sie kannte sich gut aus mit Skandalen und Unglücksfällen in der Stadt. Ihrer Erinnerung nach hatte es das schon lange nicht mehr gegeben. Ein entfernter Bekannter war kurz nach dem Krieg ins Wasser gegangen. Depressionen hatten die einen damals gesagt. Krumme Schwarzmarktgeschäfte im großen Stil hatten die anderen getuschelt. Eine schlimme Geschichte jedenfalls ... Dann war da vor ein paar Jahren ein Betrunkener nach der Bergkirchweih ganz banal ins Wasser gefallen und ertrunken ... Naja, man würde ja sehen ...

Mathilde blickte zu ihrer Freundin hinüber. Was war Lotte wieder nervös! Sie nestelte an ihrer Tasche herum, trat von einem Fuß auf den anderen, stocherte mit ihrem unvermeidlichen Krückstock auf dem Boden herum und drängte zum Gehen. Aber Mathilde war entschlossen zu bleiben und zischte ihrer Freundin ein böses „Nun gib doch mal Ruhe!" entgegen.

Den Gesprächen der Umstehenden nach zu schließen, war gerade ein Trupp von Feuerwehrleuten dabei, die leblose Person aus dem Fluß zu bergen.

Eine junge Frau hatte den Stein für den Rettungseinsatz ins Rollen gebracht. Beim Eisessen auf der Brücke stehend hatte sie (wie es am nächsten Tag in der Zeitung heißen sollte) einen *„grausigen Fund"* gemacht. Sie hatte mit dem Eis in der Hand gesehen, daß dort ein menschlicher Körper im Wasser trieb. Ein Fuß hatte sich in einem überhängenden Gebüsch verhakt, und so pendelte der Oberkörper an immer der selben Stelle im Wasser hin und her, hin und her. Ein langer Pferdeschwanz trieb um den zum Grund gewandten Kopf, während die Schwabach, die vom nicht enden wollenden Regen der letzten Wochen gewaltig angeschwollen war, allerlei Unrat und Äste vorbeispülte.

Die aufgeregte Passantin war in die Eisdiele gelaufen, der Besitzer hatte die Polizei verständigt. Diese hatte an diesem ersten schönen Sonntag seit langem weiß Gott genug zu tun. Motorradunfälle, Staus auf der Autobahn durch starken Ausflugsverkehr, jetzt auch noch das.

Dennoch lief alles wie am Schnürchen. Die zahllosen neugierigen Steuerzahler auf der Brücke konnten mit dem Gebotenen zufrieden sein. Man zeigte ihnen etwas für ihr Geld.

Die Feuerwehr demonstrierte, daß sie ihre Übungen nicht umsonst durchführte. Ein Trupp hatte zwei große Leitern angelegt, um von der Brücke zum Flußufer zu gelangen, und an Seilen gesichert mit langen Stangen den leblosen Körper an Land gezogen. Der Einsatzleiter gab vom Ufer Kommandos. Die Wasserwacht hatte es sich nicht nehmen lassen, in Windeseile ein Boot einzusetzen, und drehte nun mit heulendem Motor rund um die Unglücksstelle ihre Runden.

Sanitäter nahmen den durchnäßten Körper in Empfang und betteten ihn auf einer Trage. Der herbeigeeilte Notarzt hantierte mit allen ihm zu Gebote stehenden Mitteln, obwohl er eigentlich auf den ersten Blick gesehen hatte, daß er zu spät gekommen war. Schließlich gab er seine Bemühungen auf. Dem Menschen, den man da mit großer Anstrengung aus dem Fluß gehievt hatte, war nicht mehr zu helfen ... Schließlich schnallte man den Körper auf eine Rettungstrage und wuchtete ihn über die Leiter von der Uferböschung hoch auf die Straße.

Die Damen standen noch unschlüssig, als die Mauer der Schaulustigen sich teilte und den Blick freigab auf zwei Sanitäter, die mit zügigem Schritt den Verunglückten an ihnen vorbeitrugen. Lotte griff nach dem Arm der Freundin, stieß ein „Gott, Mathilde, das ist ja schrecklich!" aus und wich zurück.

Die Männer trugen den leblosen Körper direkt an ihnen vorbei. Aber sie strebten nicht zu dem wartenden Notarztwagen, dessen Blaulicht noch immer rotierte, sondern zu einem Leichenwagen. Unbemerkt von den Schaulustigen und auch von den beiden Damen hatte der hinter den Rettungsfahrzeugen geparkt.

Mit wenigen geübten Handgriffen war ein Zinksarg herausgeholt und die Leiche darin verstaut. Die Sanitäter und der junge Mann mit der grellen Aufschrift *„Notarzt"* auf der Jacke sprangen in den Notarztwagen und knallten die Türe hinter sich zu. Der Fahrer ließ das Martinshorn aufheulen, gab Gas Richtung Kliniken, der Leichenwagen hinterher. Hunderte Augenpaare folgten ihnen.

Lotte hatte nur einen Moment hingesehen. Ihr Magen hatte sich umgedreht. Ein junger Mann. Die Augen geschlossen, die Haut wie Margarine. Im rechten Ohr ein goldener Ring. Aus dem langen Pferdeschwanz, der seitlich herunterbaumelte, tropfte schmutziges Wasser. Lotte war schlecht.

Nun, nachdem der Tote abtransportiert war, begann sich die Menschenmenge nach und nach zu verlaufen. Die Passanten diskutierten noch ein wenig über das Gesehene. Der eine war schockiert, der andere fühlte sich kurzweilig unterhalten – sonst bekam man solche Sachen ja nur im Fernsehen gezeigt.

Die Mutter schimpfte mit ihrem Kind. Das Kind motzte zurück. Die Mutter gab dem Kind eine Ohrfeige. Das Kind fing zu heulen an.

Schließlich erinnerten sich die vielen Spaziergänger wieder an ihre eigentlichen Pläne, an ihren Wunsch nach einem Eis, an ihr Vorhaben, einen kleinen Inspektionsgang über das Berggelände zu machen. An der Eisdiele bildete sich die gewohnte Schlange, die Eisverkäufer nahmen die Sonnenbrillen ab, strichen die weißen Schürzen glatt und begannen wieder damit, Zitronen-, Maracuja- und Walnußeis in Eiswaffeln und Becher zu füllen.

Die beiden Damen standen noch immer. Ein ausgewachsener Mann mit Ohrring und Pferdeschwanz. Aber so war das heute. Gott weiß, was die jungen Mädchen an solchen Männern fanden. Er war also tot. Ein scheußlicher Anblick, wie er da so auf der Trage lag.

„Bahre", verbesserte Lotte ihre Freundin. „Wenn er tot ist, heißt es Bahre." Ihr Neffe, der Klinikarzt („Oberarzt!" betonte sie immer), hatte ihr den Unterschied erklärt.

Die beiden Damen zogen in Betracht, daß es natürlich mehrere Möglichkeiten gab, was passiert sein konnte. Ein Selbstmord war immer möglich. Mathilde meinte, vielleicht sei der junge Mann von seiner Freundin verlassen worden, weil die seinen Pferdeschwanz haßte. Nein, nein, das war sicher kein Motiv, aber es gab ja weiß Gott genug andere Gründe auf dieser Welt. Vielleicht ein Mord?

Der letzte richtige Mord in der Stadt lag, wie Mathilde sich erinnerte, schon lange zurück und war reichlich banal gewesen. Es war eine dieser Eifersuchtsgeschichten unter Eheleuten gewesen. Und genaugenommen hatte die Frau so unrecht nicht gehabt, ihrem Mann die ewigen Weibergeschichten heimzuzahlen, meinte Mathilde. Sie hatte den ermordeten Ehemann weitläufig gekannt (Mathilde kannte viele hier in der Stadt, darauf war sie stolz), und ihn immer unsympathisch gefunden ...

Dann blieb noch die Möglichkeit eines Unfalls. Die Uferböschungen waren glitschig, die Strömung der sonst so kleinen Schwabach nach dem langen Regen reißend. Lotte meinte, junge Leute seien oft äußerst unvorsichtig und leichtsinnig und bedächten wenig die Folgen ihrer Taten. Diese Stelle des Gesprächs nutzte sie, um, wie sie das gerne tat, ein kleines lateinisches Zitat einzuflechten.

„Quidquid agis, prudenter agas et respice finem", das sei offensichtlich nicht das Motto des jungen Mannes gewesen. Sie fügte hinzu, die liebe Mathilde habe ja leider in der Schule kein Latein gelernt. Zu deutsch heiße das: *„Was immer du tust, tue es klug und bedenke das Ende"*, worauf sie das Zitat noch einmal auf lateinisch wiederholte.

Das Gesicht ihrer Freundin verfärbte sich. Jedermann wisse um die exzellente Schulbildung Lottes. Sie könne sich also weitere lateinische Kernsätze ersparen. Ob man nicht lieber ein Eis auf den Schrecken essen sollte?

Lotte fand es zwar für eine Dame ihres Alters äußerst ungehörig, sich an einem Tüteneis schleckend in der Öffentlichkeit zu zeigen, aber als ihre Freundin sich erbot, auch noch die Kosten für eine Portion Eis zu übernehmen, beschloß sie, sich diesen kleinen Fauxpas zu erlauben, und entschied sich für eine Tüte mit Schokoladen-Erdbeer-Vanille-Eis. Das hatte auch Karl immer am liebsten gegessen. Sie vergaß, daß ihr eigentlich schlecht war.

Noch immer im Gespräch über das eben Erlebte erreichten die beiden Damen Eis essend schließlich Mathildes Wagen. Dieser fiel angesichts ihres fortgeschrittenen Alters das Einsteigen nicht ganz leicht, doch dann trat sie entschlossen aufs Gaspedal, denn sie fuhr gerne „zügig", und chauffierte ihre Freundin zurück ins „Altersheim".

II

Lotte schloß erschöpft die Türe zu ihrem Appartement auf, lehnte den Stock an die Garderobe, nahm den Wollhut ab, zog den Mantel aus, sah sich selbst im Spiegel in dem winzigen Vorraum und war entsetzt. Die Haare klebten ihr feucht und strähnig am Kopf, sie fand, sie sah wie ein Gespenst aus.

Sie ließ sich in einen Sessel fallen und streifte die Schuhe von den schmerzenden Füßen. Ein paar Minuten blieb sie so sitzen, dann arbeitete sie sich seufzend wieder aus ihrem Sessel hoch, ging ins Bad, entledigte sich ihrer Strümpfe, holte die kleine gelbe Plastikschüssel unter dem Waschbecken hervor, ließ warmes Wasser hineinlaufen und drückte etwas Fußbalsam aus der Tube dazu. Das Wasser schwappte in der Wanne, als Lotte diese ins Wohnzimmer trug und auf dem Teppich abstellte. Mit einem kleinen, wohligen Seufzer setzte sie sich wieder, ließ ihre Füße in das Fußbad gleiten und schloß die Augen ... Doch da war wieder der junge Mann ... der Zopf ..., dies ... o Gott ... dies Gesicht ... Lotte seufzte, öffnete die Augen wieder, sah auf die gelbe Wanne, die schmerzenden Füße hinunter. Armer Kerl ... so jung ... so jung ...

Die Tüte mit dem Eis war ihr wohl doch nicht bekommen. Oder war es der Gedanke an den Toten? Ihr war wieder übel. Sie hob die Füße aus dem Wasser, holte sich die braune Wolldecke, um sich einen Moment hinzulegen. Nicht schlafen, nur ein bißchen ausruhen. Sie streckte sich auf dem Sofa aus, die Decke fest um die Beine gewickelt. Die Gedanken fuhren Karussell, dann schlief sie ein.

Inzwischen nahm die Polizei ihre Routinearbeit auf. Der Tote hatte in seiner durchnäßten Kleidung keinerlei Papiere bei sich gehabt. Das einzig Auffallende an ihm war ein blau-grün-weißer Bierzipfel, wie ihn Verbindungsstudenten in den Farben ihres Corps oder ihrer Burschenschaft am Hosenbund tragen. Es bedurfte keiner allzu schwierigen Recherchen, um festzustellen, daß es sich um die Farben einer ortsansässigen Studentenverbindung handelte.

Noch am selben Nachmittag erschienen zwei Polizeibeamte auf dem Haus der Burschenschaft, um sich zu erkundigen, ob einer ihrer Aktiven Pferdeschwanz und Ohrring trage. Der herbeigeeilte Senior der Verbindung bestätigte dies. So legten ihm die beiden Polizisten ein Polaroidfoto des Toten vor. Obwohl dessen Gesicht auf dem Bild sehr verquollen und starr aussah, war sich der Senior sofort sicher. Er erklärte voll Bestürzung, es sei ihm völlig unbegreiflich, aber auf dem Foto handle es sich eindeutig um den lieben Bundesbruder Robert „Robby" Wohlmann. Was denn „Herrgottnochmal" mit ihm passiert sei? Er sähe ja ganz gräßlich aus auf dem Bild, der arme Junge. Man habe doch erst gestern noch gemeinsam ...

Die zwei Polizisten machten sich Notizen und fragten dann, ob Herr Robert Wohlmann denn Angehörige habe, die man verständigen könne. Und schließlich müsse ja jemand den Toten noch von Angesicht zu Angesicht identifizieren.

Der Senior versuchte, trotz der schockierenden Nachricht Ruhe zu bewahren, und erklärte den Polizisten, Robbys Eltern seien leider schon vor einiger Zeit gestorben. Aber eine Schwester die habe er noch und eine Großmutter. Die Schwester, Frau Schobert, lebe mit ihrer Familie im Stadtwesten, die Adresse könne er für die Herren besorgen. Und die Großmutter? Da sei er leider momentan überfragt. Nein, doch. Die alte Frau Wohlmann lebe seines Wissens oben im Seniorenstift.

Die beiden Polizisten ließen sich die Adresse der Schwester geben, verabschiedeten sich, bestiegen den Streifenwagen und fuhren in das Neubaugebiet im Westen. Sie mußten ihren Wagen abstellen und das letzte Stück zu Fuß zwischen den handtuchgroßen Reihenhausvorgärten zum Haus der Familie Schobert laufen. Überall spielten Kinder und werkelten Eigenheimbesitzer in den Gärten. Nur die Familie Schobert schien nicht zu Hause zu sein. Auf das Klingeln der Polizisten öffnete niemand. Die Nachbarn im angrenzenden Reihenhaus, die zum ersten Mal in diesem Jahr im Garten den Grill angeheizt hatten, gaben bereitwillig Auskunft. Nein, die Familie Schobert sei mit Kind und Kegel heute morgen zu einer Fahrradtour gestartet. Keine Ahnung, wann sie zurückkommen würden. Was denn passiert sei? Ob sie den Herren wenigstens ein Grillwürstchen anbieten dürften? Die beiden jungen Polizisten lehnten mit ernsten Gesichtern ab.

Nach Lage der Dinge blieb den Polizisten also nur noch die Großmutter.

Leider war Lotte ja nach diesem anstrengenden und erlebnisreichen Tag in einen kleinen verspäteten Nachmittagsschlaf gefallen, so daß ihr der grünweiße Streifenwagen entging, der in den frühen Abendstunden in die Auffahrt des Wohnstifts rollte. Das Auftauchen zweier Polizeibeamten sorgte unter den Stiftsbewohnern, die die laue Abendstunde auf den Bänken im Freien genossen, für einiges Aufsehen.

Die beiden schnauzbärtigen Polizeibeamten erkundigten sich an der Pförtnerloge, ob es richtig sei, daß hier eine Frau Wohlmann lebe.

„Ja, ja“, bestätigte der Pförtner, „Käthe Wohlmann. Was gibt's denn? Es ist doch nichts passiert?“ Er saß lange genug hier an der Pforte, um zu merken, wenn eine Sache faul war. Doch die Polizisten gaben sich verschlossen. Sie erklärten dem Pförtner nur, sie müßten Frau Wohlmann in einer wichtigen Familienangelegenheit dringend sprechen. Der Pförtner ließ nicht so schnell locker.

„Is was passiert? Doch nich mit der Enkelin?"

Die beiden jungen Polizisten blickten ernst. Nein, das nicht. Es gehe um den Enkel. Robert Wohlmann. Das sei doch der Enkel? Der Pförtner sah sie einen Moment verständnislos an, dann zogen sich seine Mundwinkel nach unten, und er versetzte: „Ach deeeer."

Schließlich griff er zum Telefonhörer, setzte die Brille auf, fuhr mit dem Finger seine Telefonliste entlang und wählte eine Nummer, um zu hören, ob die Stiftsbewohnerin Klara Wohlmann zu Hause sei.

„Da sind zwei Beamte ... äh ... von der Polizei. Die wollen Sie sprechen. Ist das in Ordnung, Frau Wohlmann?" Man hörte eine aufgeregte Stimme durch den Hörer.

„Soll jemand mit Ihnen raufkommen, meine Herren? Ich meine, vielleicht wäre es besser ...?"

Die Beamten winkten ab, ließen sich den Weg erklären, strafften die Schultern und begaben sich auf den Weg zu Frau Wohlmann, um ihr die traurige Nachricht zu überbringen.

Kaum waren sie verschwunden, da klopfte die erste Stiftsbewohnerin gegen die Glasscheibe der Pförtnerloge. Was denn los sei? Polizei? Hiiiier im Hause? Ein Diebstahl? Sicher ein Diebstahl! Es gehörte einfach ein zweiter Pförtner an den Hinterausgang. Jeder Halunke könne ja hier ein- und ausgehen. Sie habe gestern erst eine Fernsehsendung gesehen, wie man alten Leuten mit den billigsten Tricks das sauer ersparte Geld aus der Wohnung stehle ...

Der Pförtner verdrehte die Augen. Nein, kein Diebstahl. Ganz bestimmt nicht. Er könne es ihr versichern. Solange er hier sitze, sei so etwas noch nie vorgekommen. Und es werde auch nicht vorkommen. Da könne sie ganz beruhigt sein. Andere Senioren fanden sich ein, fragten, ob etwa im Hause etwas gestohlen worden sei? Niemand sei heute noch seines Lebens und Eigentums sicher! Gerade die alten Leute! Der Pförtner versicherte noch einmal, es sei nichts gestohlen worden, und es werde auch nichts gestohlen werden, solange er hier sitze.

Da schrillte in der Pförtnerloge das Telefon. Ein aufgeregter Polizist verlangte dringend nach einem Notarztwagen. Die alte Frau Wohlmann ringe nach Luft und habe Schmerzen in der Brust. Vielleicht ein Herzanfall?

Der Pförtner reagierte routiniert, ignorierte das Geschnatter der Seniorinnen und Senioren ringsum und verständigte sofort die Rettungsleitstelle. Die Nummer hätte er im Schlaf hersagen können. Schließlich war das hier ein Seniorenstift. Niemand hatte das ewige Leben. Stiftsarzt, Krankenwagen, Notarztwagen, Leichenwagen, die Nummern hatte er im Kopf. Das gehörte zum Geschäft.

Minuten später war vom nahen Krankenhaus der Notarztwagen da. Sanitäter und Notarzt rannten an den aufgeregten Senioren vorbei. Der Pförtner stürzte aus seiner Loge, verließ seinen Wachtposten und rannte ihnen voraus zum Appartement der Frau Wohlmann. Einer der jungen Polizisten kam ihnen schon mit gerötetem Gesicht entgegen.

Eine Viertelstunde später trug man die alte Frau Wohlmann an den bestürzten Heimbewohnern vorbei. Der Notarzt lief neben der Trage. Mit der einen Hand hielt er die Infusionsflasche hoch. „Frau Wohlmann, Frau Wohlmann, um Gottes willen, was ist mit Ihnen ...“ Eine der Stiftsbewohnerinnen wollte die Hand der auf der Trage Liegenden ergreifen. Aber die Sanitäter drängten sie zur Seite. Wieder heulte das Martinshorn auf.

Dies alles hatte Lotte Askoleit leider verschlafen, erschöpft wie sie war.

III

Am nächsten Morgen stand Lotte schon in aller Frühe auf. Der Nachmittagsschlaf gestern war länger ausgefallen, als sie sich das normalerweise selbst gestattete.

Kein Wunder, daß sie dafür in der Nacht schlecht geschlafen hatte. Ihre Träume waren wirr, ja peinlich gewesen:

Ein Stiftsbewohner (Germanistikprofessor seines Zeichens) hatte mit langem Zopf und Ohrring in ihren Träumen herumgespukt.

Er war in einem grünweißen Streifenwagen mit quietschenden Reifen wieder und wieder rund ums Stift gefahren und hatte dabei lauthals Trinklieder gesungen. Dann hatte er im Speisesaal des Wohnstifts randaliert, mit einer Entenkeule den Stiftsleiter bedroht und mit sich überschlagender Stimme Freibier und Schokoladeneis für alle verlangt. Als Krönung seines peinlichen Auftritts hatte er Lotte aufgefordert, nächtens mit ihm unbekleidet in der Schwabach baden zu gehen.

Schweißgebadet war sie aufgewacht. Ein Alptraum! Neben ihr stand noch immer das leere Bett ihres Karl. Wie oft hatte ihr Neffe, der Klinikarzt („Oberarzt!", wie sie stets betonte), sich angeboten, das Bett endlich rauszuschaffen, auf den Sperrmüll oder an die Caritas zu geben. Aber irgendwie war das Lotte immer wie ein Treuebruch erschienen. Das Bett neben ihr hatte etwas Tröstliches, erinnerte sie an schönere Zeiten voller Leben, als noch nicht die übermächtige Erinnerung ihr Leben bestimmte. Gottlob wußte der Neffe nicht, daß sogar in den Schränken noch säuberlich aufgereiht die Anzüge, Hemden und Krawatten ihres seligen Karl hingen.

Schließlich stand sie seufzend auf und wusch sich gründlichst mit dem Waschlappen und ihrer Lavendelseife. Die Badewanne hatte zwar eine Duschvorrichtung, aber das Hinein- und Heraussteigen war ihr zu gefährlich, und so blieb es, wie es immer in ihrem Leben gewesen war – täglich waschen, einmal in der Woche baden.

In der kleinen Kochnische setzte sie das Wasser für den Tee auf. Manche ihrer Bekannten im Stift litten darunter, keine eigene Küche mehr zu haben, wo sie Sauerbraten und Leberknödelsuppen zubereiten konnten. Lotte selbst hatte das nie bedauert. Kochen, das gestand sie vor sich selbst ein, war nie ihre stärkste Seite gewesen. Sie hatte immer lieber eine Stunde gelesen, als fünf Minuten gekocht.

Wie jeden Morgen entnahm sie der Plastikverpackung eine Scheibe *„Hausbrot nach Gutshofart – vorgeschnitten ohne Konservierungsstoffe"*, kratzte sich Margarine darauf und gönnte sich nach der unerfreulichen Nacht etwas mehr Marmelade. Der Teebeutel durfte nicht zu lange ziehen, das vertrug der Blutdruck nicht.

Als die Etagendame klopfte, um sich wie jeden Morgen zu erkundigen, ob alle Stiftsbewohner wohlauf seien, saß Lotte Askoleit schon mit der Zeitung beim Frühstück in ihrem kleinen, mit Möbeln überfüllten Wohnzimmer.

Lotte war begierig darauf, mit jemandem über diesen jungen Mann zu reden und wie man ihn aus dem Wasser geholt hatte. Und so nötigte sie die Etagendame, die auf ihrem eiligen Rundgang die Hand schon wieder auf der Türklinke hatte, zum Stehenbleiben im Gang ihres kleinen Appartements.

„Meine Liebe, haben Sie schon von dieser schrecklichen Geschichte gehört, die gestern passiert ist? Ich wollte gerade sehen, ob schon etwas darüber in der Zeitung steht. Es war nämlich so. Ich war gestern mittag mit Mathilde ... Ich weiß nicht, ob sie Mathilde, Mathilde Seeberger kennen. Wissen Sie, das ist eine ganz alte Freundin von mir. Wir kennen uns schon ... warten Sie mal ... seit 1948, nein, ich glaube, es war sogar schon 1947, also kurz nachdem Karl und ich nach Erlangen gekommen sind. Damals ... da waren Sie wahrscheinlich noch gar nicht auf der Welt ... Nein, aber ich wollte Ihnen ja von gestern erzählen ..."

Die Etagendame war in Zeitdruck. Jeder wollte sich morgens mit ihr unterhalten. Fühlten sich natürlich einsam, die alten Leute. Keiner konnte sich vorstellen, daß sie hier zum Arbeiten und nicht zum Plaudern angestellt war. Gehetzt sah sie auf die Uhr:

„Wissen Sie, Frau Askoleit, wenn ich Zeit habe, komme ich nachher noch mal vorbei, und dann unterhalten wir beide uns schön in aller Ruhe drüber, ja? War wirklich eine schlimme Sache das, gestern. Jeder spricht mich heute morgen darauf an. Dabei weiß ich nicht mehr als alle anderen. Wie auch immer, nehmen Sie sich das Ganze nicht so zu Herzen, das ist nicht gut für den Blutdruck. Ich wünsche Ihnen einen schönen Tag. Das Wetter ist herrlich. Sie sollten spazierengehen."

Sie war schon auf dem Sprung zum nächsten Appartement. Lotte nickte, wünschte ebenfalls einen schönen Tag, schloß leise ihre Wohnungstüre und wandte sich ihrer Zeitung zu.

Normalerweise begann sie ihre Lektüre immer auf der letzten Seite, bei den Todesanzeigen. Viel zu oft traf sie hier gute Bekannte. Zwar war sie nicht in der Stadt geboren, aber seit dem Kriegsende und der Flucht aus Ostpreußen, die auf verschlungenen Wegen in Erlangen geendet hatte, war viel Zeit vergangen.

Durch Karls Arbeit in der Firma, durch Familie, Freunde und die vielen Jahre hier im Stift hatte sie einen großen

Bekanntenkreis. Doch der schien nun von Jahr zu Jahr zu schrumpfen. Kaum eine Woche verging, wo nicht neben einem großen schwarzen Kreuz auf der letzten Seite wieder der Name eines lieben Bekannten stand. Für solche Fälle hatte sie immer einen Stapel Trauerkarten in ihrem kleinen Schreibtisch. Da saß sie dann, die Gedanken wanderten zurück, manchmal kamen die Tränen, und sie schrieb mit Karls Füllfederhalter in säuberlicher Schrift eine Trauerkarte an die Angehörigen.

Oder aber, wenn sie den Verstorbenen näher gekannt hatte, dann zog sie den schwarzen Rock mit der Schleifenbluse an, darüber den dunklen Wollmantel sowie den schwarzen Popelinehut (denn auf dem Friedhof wehte erfahrungsgemäß immer ein kalter Wind). Sie nahm am Trauergottesdienst teil, traf Bekannte, tauschte sich über Krankheit und Todesursache des oder der Verblichenen aus und kehrte trotz des traurigen Anlasses meist erfrischt und getröstet mit dem Gedanken nach Hause zurück, daß der liebe Gott *sie* noch nicht zurückgerufen hatte.

Heute aber begann sie ihre Lektüre an anderer Stelle. Auf der ersten Seite des Lokalteiles klotzte eine Überschrift mit der Nachricht, daß die Bierpreise dieses Jahr zur Bergkirchweih erfreulicherweise stabil bleiben würden.

„Wieder 10,50 DM für die Maß!"

Lotte schüttelte den Kopf. Für einen Liter Bier! Wo eine Flasche bei Rodi gerade mal eine Mark zwanzig kostete! Dann kam die Nachricht, zwei Delegationen aus den Partnerstädten würden noch diese Woche im Rathaus erwartet. Na wozu wohl? Die legten ihre Dienstreisen doch immer so, daß sie rechtzeitig zum großen kollektiven Besäufnis in ihrer fränkischen Partnerstadt ankamen!

Dann berichtete die Erlanger Zeitung, daß heuer wieder dreiundneunzig Stände, Buden und Karussells die Besucher erwarteten, darunter das fünfundfünfzig Meter hohe Riesenrad, ein Wahrsagetempel und der gute alte „Hau-den-Lukas“. Fünfzehn Festwirte, mehrere hundert Schankkellner und zwanzigtausend Sitzplätze auf den Kellern, in den Festzelten und Biergärten standen bereit für die fast eine Million Besucher, die in den nächsten zehn Tagen das Berggelände wie jedes Jahr überrollen würden.

Die Polizei appellierte wie jedes Jahr zu Beginn der „fünften Jahreszeit“ an die Bergkirchweihbesucher, das Auto zu Hause zu lassen und mit Bus oder Rad zum Berg zu kommen. Der Fahrradparkplatz sei bewacht, die Bustickets günstig.

Lotte war sich sicher, daß die Mahnungen wie jedes Jahr nichts nützten. Alle Straßen und Einfahrten im Umkreis würden hoffnungslos zugeparkt sein und die Abschleppunternehmen sich eine goldene Nase verdienen.

Jeden Tag würde die Zeitung von auf Köpfen zertrümmerten Maßkrügen, bis zur Ohnmacht betrunkenen Halbwüchsigen, demolierten Pflanzkübeln und vollurinierten Grünflächen berichten.

Dann gab die Polizei noch bekannt, daß die Straße, die an der Bergkirchweih entlangführte – wie jedes Jahr – nur für den Busverkehr und auch das nur in eine Richtung freigegeben sei. Lotte seufzte. Nun ging also wieder dieses Theater los: verlegte Bushaltestellen, endlose Warterei, betrunkene Mitfahrer schon am hellichten Nachmittag. Hätte sie nur damals gleich nach dem Krieg den Führerschein gemacht!

Auf der zweiten Seite der Lokalnachrichten fand sie schließlich, was sie suchte:

Toter in der Schwabach

Am gestrigen Nachmittag machte eine Spaziergängerin an der Essenbacher Brücke einen grausigen Fund. Sie entdeckte in der Schwabach eine leblose Person. Trotz um-

fangreicher Rettungsmaßnahmen konnte in der Klinik nur noch der Tod festgestellt werden. Es handelt sich um einen jungen Mann, dessen Identität bei Redaktionsschluß noch nicht geklärt war. Die genaue Todesursache soll durch eine Obduktion ermittelt werden. Es wird nicht ausgeschlossen, daß er an Sauerstoffmangel ums Leben gekommen ist.

Lotte Askoleit stellte ihre Teetasse ab und schlug vor Ärger mit der flachen Hand auf die Zeitung. Wo ließen diese Zeitungsredakteure eigentlich ihr Hirn beim Schreiben?! Sie, Lotte Askoleit, war ja nun dabeigewesen. Der junge Mann war schon mausetot, als man ihn an Land zog, und man hatte ihn keineswegs in die Klinik gebracht, sondern in einen schwarzen Leichenwagen gesteckt und vermutlich in die Pathologie oder in die Gerichtsmedizin geschafft, oder wo man eben so landete, wenn man als Wasserleiche aufgefischt wurde. Wahrscheinlich lag der Arme schon auf irgendeinem blankpolierten, kalten Tisch, wie man das im Fernsehen immer sah, und wurde auseinandergeschnitten.

Und was sollte dieser wirklich ärgerlich dumme Satz, der junge Mann sei vermutlich *„an Sauerstoffmangel ums Leben gekommen"*? Ja, woran dachte dieser Redakteur denn, daß man sonst mit dem Kopf unter Wasser starb? Ob man inzwischen wußte, wer der bezopfte junge Mann war? Lotte griff nach ihrer Teetasse. Da war wieder das Gesicht des jungen Mannes, weiß-gelblich. Der schmutzig tropfende Zopf. Sie seufzte. Dann blätterte sie wie gewohnt zu den Todesanzeigen.

Lotte Askoleit ließ sich Zeit mit ihrer Morgenlektüre. Nichts drängte sie. Nach einer guten halben Stunde stand sie seufzend auf, legte die Zeitung ordentlich zusammen, spülte die Teetasse im Ausguß und nahm ihre Morgentabletten gegen Arthrose und Bluthochdruck mit einem Schluck Leitungswasser. In der Nische, an dem kleinen Küchenbord, hing ein Zettel *„Tabletten nicht vergessen!"* – als habe sie je vergessen, ihre Medikamente zu nehmen.

Sie schüttelte das Federbett und die beiden Kopfkissen im Schlafzimmer auf, breitete die Tagesdecke darüber, strich über die Decke auf Karls leerem Bett, öffnete das Fenster und war mit ihren Vormittagspflichten am Ende. Noch nicht einmal neun Uhr – und ein bleierner Vormittag lag vor ihr. Alles wurde einem hier abgenommen. Das Mittagessen gab es für alle unten im Speisesaal, die Putzfrau machte das Zimmer sauber, die Wäsche ging in die Hauswäscherei, einzukaufen gab es kaum etwas, denn was aß man schon so alleine lustlos am Frühstücks- und Abendbrottisch? Die einzigen Abwechslungen des Alters, dachte Lotte, sind Arztbesuche, Friseurtermine und Beerdigungen. Ach ja, und die Fußpflege.

Doch dann raffte sie sich auf. Es schien ein sonniger Tag zu werden, die Frühlingsluft würde ihr guttun. Lange Spaziergänge bereiteten ihr Schmerzen, doch sie wollte sich ein Stündchen draußen auf eine Bank setzen und sich mit einigen der anderen, genauso gelangweilten Stiftsbewohner unterhalten. Schließlich hatte sie heute eine kleine Sensation auf Lager, die sicher für mindestens zwei Tage Gesprächsstoff abgeben würde. Sie war persönlich dabeigewesen, als man gestern diese Leiche, von der heute die Zeitung berichtete, aus dem Wasser gezogen hatte. Während sie nach Mantel und Hut griff, überlegte sie, wie sie ihre Geschichte am besten an den Mann bringen könnte, um bei ihren Zuhörern Neugier und ein wenig Neid zu schüren.

Leider war unten in der Eingangshalle noch niemand unterwegs. An den Wänden hingen in Öl gemalte Portraitschinken, mit kleinen Messingschildern darunter, die die

Stiftsbewohner an längst verstorbene Wohltäter und ehemalige Stiftsvorstände erinnern wollten. Ein Aquarium mit Goldfischen sollte offensichtlich beruhigend auf die Senioren wirken.

Das Wochenprogramm am Schwarzen Brett kündigte einen Vortrag von Herrn Pfarrer in Ruhestand Schmolke an zum Thema *„Pflücke die Blume am Wegesrand – die kleinen Freuden des Älterwerdens"*. Die Bastelgruppe empfahl sich für kommenden Mittwoch mit den Worten *„Wir wollen gemeinsam Grußkarten mit Frühlingsmotiven entwerfen"*. Heute nachmittag traf sich die Französisch-Konversationsgruppe, wahlweise konnte man auch Fingergymnastik machen. Für den Abend war Kegeln im Bierkeller mit gemütlichem Beisammensein geplant, und für den morgigen Nachmittag wurden die Senioren aufgefordert, möglichst zahlreich im kleinen Saal zu erscheinen, wo Kinder der nahen Grundschule mit den *„lieben Stiftswohnern/innen"* Frühlingslieder singen wollten.

Der Speiseplan für heute kündigte Putengeschnetzeltes mit Blumenkohlgemüse an. Letzteres war Lotte bei ihrem Weg durch die Gänge schon aufgefallen, denn sie hatte für ihr Alter noch eine feine Nase.

Auf der Suche nach einem Gesprächspartner trat sie schließlich, am Pförtner vorbei, vor die Türe. Einige der Bänke, die am zeitigen Morgen schon in der Sonne lagen, waren besetzt. Frau Bierhoff tippelte, auf ihren Gehwagen gestützt, mit winzigen Schritten auf und ab. Sie hatte gerade eine Hüftoperation hinter sich. Der kleine Spar-Laden im Erdgeschoß des Stifts bekam eben eine Lebensmittellieferung. Der Gärtner hackte die Erde zwischen den Rosenbeeten. Die Petunien auf der Rabatte blühten. Die Vögel zwitscherten. Auch hier draußen roch es nach Blumenkohl.

Lotte sah schon von weitem eine ihrer Bekannten auf

der Bank in der Sonne sitzen. Es war Frau Bergner, die Gattin eines verstorbenen Siemensdirektors. Lotte mochte sie zwar nicht besonders, aber ihr Mitteilungsdrang war größer, und so steuerte sie auf Frau Bergner und deren Parkbank zu. Sie hatte sich schon eine Einleitung für ihre Geschichte zurechtgelegt, doch dazu kam es nicht. Die rüstige Siemensdirektorenwitwe empfing Lotte schon mit höchster Erregung:

„Frau Askoleit, meine Liebe, setzen Sie sich zu mir. Nun sagen Sie mal, wie finden Sie diese ungeheuerliche Geschichte? Wie kann man einfach zur Türe hereinkommen und zu der alten Frau sagen: ‚Schönen guten Tag. Ihr Enkel ist tot.' Ich meine, so muß es doch gewesen sein. Was lernen diese jungen Kerle eigentlich auf der Polizeischule? Da zahlt man als Steuerzahler einen Haufen Geld für Psychologieunterricht und all diese Mätzchen, und dann passiert so etwas. Ich meine, so kann man doch mit einer herzkranken Frau nicht umgehen. MeinGottmeinGott, wenn das nun das letzte war, was die arme Frau in ihrem Leben mitbekommen hat. Nun stirbt sie womöglich noch an diesem Schrecken. Diese jungen, ahnungslosen Polizisten sind bestimmt absolut rücksichtslos mit ihr umgegangen. Man stelle sich mal vor, kommen zu der armen Frau Wohlmann, sagen so einfach, es tut uns leid, aber Ihren Enkel haben wir vor zwei Stunden tot aus der Schwabach gezogen. Schaun Sie sich mal dieses Bild an. Ja da mußte die arme Frau doch zusammenbrechen!"

Die Siemensdirektorenwitwe sah Lotte um Zustimmung heischend an. Doch die stand nur da. Stumm und bleich. Ihr war es eiskalt in der Frühlingssonne geworden.

„Wie?" war das einzige, was sie hervorbrachte. Dann ließ sie sich neben Frau Bergner auf die Bank fallen. Die sah sie verständnislos und mißbilligend an. Diese Askoleit war doch wirklich ein Stockfisch!

„Na, was sagen Sie denn dazu, Frau Askoleit? Das ist doch ein Skandal?"

Lotte saß nur da, den Stock zwischen den Händen. Schließlich griff sie nach Frau Bergners Arm und stieß hervor:

„Das heißt, der Tote aus der Schwabach ist der Enkel von unserer Frau Wohlmann?"

Sie schwieg wieder einen Moment, holte tief Luft und setzte dann mit tonloser Stimme hinzu: „Ich war nämlich zufällig dabei, als man ihn gefunden hat."

„Ach was?" Frau Bergner fuhr hoch. „Das ist ja interessant. Erzählen Sie doch mal!"

Doch Lotte konnte jetzt nicht erzählen. Sie fühlte sich einfach nur elend. Frau Bergner war beleidigt. Ein alter, vertrockneter ostpreußischer Stockfisch war diese Frau Askoleit! Die Siemensdirektorenwitwe schwieg ostentativ.

Lotte drehte ihren Stock zwischen den Händen. Welch ein schrecklicher Zufall, daß sie, Lotte, gestern ausgerechnet dort spazierengehen mußte, wo man gerade Frau Wohlmanns Enkel aus dem Wasser holte. Wieder sah sie den tropfenden Pferdeschwanz und das verquollene Gesicht des jungen Mannes vor sich und fröstelte. Der Spaß an ihrer kleinen Sensation war ihr gründlich vergangen.

Sie überlegte. Hatte sie den Enkel nicht sogar persönlich gekannt? Ja doch, vor langer Zeit war er ihr einmal zusammen mit seiner Großmutter in der Eingangshalle begegnet, die alte Frau Wohlmann hatte sie sogar bekannt gemacht.

Aber ein langer Zopf? Daran konnte sie sich beim besten Willen nicht erinnern. Das wäre ihr aufgefallen. Der Junge mußte damals noch kurze Haare gehabt haben. Also lag das Zusammentreffen schon lange zurück, so schnell wuchsen Haare ja nicht.

„Wie hieß er denn überhaupt, der arme Junge?" wandte sie sich an ihre demonstrativ schweigende Banknachbarin. Die schwankte zwischen Beleidigtsein und Mitteilungsdrang – und der siegte schließlich.

„Robert hieß er, Frau Askoleit. Ich kenne ihn auch nicht weiter. Hat sich hier ja so gut wie nie blicken lassen bei seiner Großmutter", setzte sie noch tadelnd dazu. „Hat seiner Großmutter auch nicht viel Freude gemacht, wenn Sie mich fragen. So ein ewiger Student, der irgendwas macht, was keiner braucht und vermutlich immer noch kein Examen hat. Stiehlt dem lieben Gott die Zeit, und wir finanzieren so was auch noch, aber über Tote soll man ja nicht schlecht reden."

Sie holte zu einem längeren Exkurs über Frau Wohlmann und deren Herzkrankheit, ihre eigene, Frau Bergners, Krankengeschichte, Robert Wohlmann und ihre eigenen, gut geratenen Enkelkinder aus. Lotte saß schweigend dabei.

Die Nachricht vom Tod des jungen Mannes und von den tragischen Folgen für die herzkranke Frau Wohlmann, die nun auf der Intensivstation lag und Gott weiß, ob sie da wieder runterkam, sprach sich binnen kürzester Zeit herum. Sie sorgte für Aufregung und ein bißchen Abwechslung unter den Senioren, verkürzte die Wartezeit bis zum Mittagessen und ließ Gerüchte und Vermutungen überschießen – über den Lebenswandel des jungen Mannes, die Ursachen seines Todes und die Art und Weise, wie die Polizisten der armen Frau Wohlmann die schreckliche Nachricht überbracht hatten (wobei ja bedauerlicherweise zu diesem Thema niemand etwas Genaues sagen konnte).

Auch am Mittagstisch – wie gesagt Putengeschnetzeltes mit Blumenkohlgemüse – gab es kein anderes Thema.

Die Runde am Tisch von Lotte Askoleit ventilierte das

Thema von allen Seiten. Beim Nachtisch – Vanillepudding mit Pfirsichkompott – winkte die rüstige Frau Dr. Erika Grabert (sie war pensionierte Studiendirektorin für Englisch/Französisch an einem hiesigen Gymnasium und – wie sie stets betonte – immer selbständig durchs Leben gegangen und bestens ohne Ehemann zurechtgekommen), sie also nun winkte ihre Tischgenossen näher zu sich, und während diese ihre Köpfe zusammensteckten, eröffnete Frau Dr. Grabert ihnen, dieser Robert Wohlmann sei schon ein komischer Kerl gewesen. Frau Wohlmann habe ihr erzählt, ihr Enkel habe ein Verhältnis mit einer verheirateten, noch dazu wesentlich älteren Frau. Frau Wohlmann, die immer eine Frau mit Grundsätzen gewesen sei, habe das nie und nimmer gutheißen können, auch wenn so etwas heute wohl gang und gäbe sei, und habe ihr, Frau Dr. Grabert, gegenüber mit großer Bestimmtheit erklärt, von ihr erbe ihr Enkel gewiß keinen Pfennig. Einige Herrschaften in der Runde nickten beifällig. Wo sollten solche Zustände auch noch hinführen?

Das Gespräch kreiste in Schlangenlinien immer wieder um die wenigen Dinge, die man tatsächlich über diese unglaublichen Vorkommnisse wußte, bis sich schließlich alle zum Mittagsschläfchen auf ihre Zimmer zurückzogen.

Lotte legte sich auf ihrem Wohnzimmersofa die Schurwolldecke über die Beine und dachte nach. Sie kannte Frau Wohlmann nicht schlecht und auch nicht wirklich gut. Man sah sich beim Mittagessen, bei verschiedenen Veranstaltungen im Stift, man unterhielt sich ein wenig auf dem Flur. Ihre größte Gemeinsamkeit war zweifellos der gemeinsame Besuch beim Friseur in der Stadt.

Diese Tatsache hatte einen düsteren, höchst ärgerlichen Hintergrund. Lange Zeit war Lotte, wie die meisten Damen des Stifts, zur Friseuse im Hause gegangen. Nicht weil sie deren Arbeit besonders geschätzt hätte, sondern weil es so praktisch war. Tatsächlich war ihr die Friseuse ernsthaft auf die Nerven gegangen. Sie glaubte nämlich inbrünstig an alles, was in den bunten Heftchen stand, die sie an ihre Kundinnen unter den Trockenhauben zum Lesen verteilte. Lotte wurde von ihrer Friseuse nahtlos über Freud und Leid im europäischen Hochadel auf dem laufenden gehalten. Prinz Charles? Geschieden und verwitwet! Prinz Andrew? Geschieden! Prinzessin Anne? Geschieden! Prinz Edward? Schwul (das war doch sonnenklar)! Stefanie von Monaco? Geschieden! Caroline? Verwitwet! Aber was mußte ihr Mann auch Rennboot fahren wie ein Verrückter! Und nun dieser arrogante Deutsche mit der unmöglichen Frisur. Und was war mit Prinz Albert, der wirklich etwas gegen seinen Haarausfall unternehmen sollte?!

Zu viele Reitlehrer und Gouvernanten im Kindesalter machten auf jeden Fall anscheinend auch nicht glücklich. Ach und dann diese gräßliche Geschichte mit Diana! So eine schöne Frau war sie und nein diese Kleider! Und ihr Sohn, wie der Diana aus dem Gesicht geschnitten!

Der absolute Liebling der Friseuse aber war Königin Silvia. „Unsre Sülfia“ – wie sie sich ausdrückte – war stets perfekt frisiert (vielleicht immer eine Idee zu viel Haarspray?), drei wirklich reizende Kinder, auch wenn der Sohn etwas nach dem Vater zu kommen schien, denn mit ihrem Gatten schien es „unsre Sülfia“, nach allem was man hörte, nicht ganz leicht zu haben. Wie zur Bekräftigung wurde Lotte ein Heftchen unter die Nase gehalten, mit der Überschrift *„Silvia und Carl Gustav gemeinsam im Sommerschloß. Kehrt die Liebe zurück?“*.

Lotte ertrug all dies standhaft. Zum Eklat kam es erst, als die Friseuse eine aktuelle Durchfallerkrankung des

Herzogs von Edinburgh, die sich dieser auf einer Fernostreise im Dienste der britischen Krone zugezogen hatte, zum Anlaß nahm, zu einer allgemeinen Tirade über die Unfähigkeit und Beutelschneiderei der Ärzteschaft insgesamt anzusetzen. Das brachte das Faß zum Überlaufen. Lotte stieß die Trockenhaube beiseite, brauste von ihrem Frisierstuhl hoch und erklärte empört, auf ihren Neffen, der Arzt sei („Oberarzt!"), lasse sie nichts kommen. Damit verließ sie, die Lockenwickler noch auf dem Kopf, den Salon und betrat ihn nie mehr.

In ihrem Zimmer angekommen, rollte sie die noch nassen Haare von den Wicklern und steckte diese in eine Kaufhoftüte. Dem fügte sie in einem Briefumschlag fünfzig Deutsche Mark für die begonnene Friseursitzung bei sowie ein Kärtchen, auf dem sie nochmals darauf hinwies, daß ihr Neffe Oberarzt sei und sie sich mit solchen allgemeinen Angriffen gegen die Ärzteschaft nicht einverstanden erklären könne. Das Ganze händigte sie der Hausdame aus, um es ihrer (nunmehr ehemaligen) Friseuse zukommen zu lassen.

Jetzt brauchte sie also eine neue Friseuse. Hier war ihr Frau Käthe Wohlmann zur Hilfe gekommen. Denn natürlich hatte sich der Eklat binnen kurzem herumgesprochen. Frau Wohlmann erbot sich, Lotte Askoleit einmal in der Woche in ihrem altersschwachen Wagen mit in die Stadt zu nehmen, wo sie noch aus früheren Tagen ihrer Friseuse die Treue halte. Das schien Lotte Askoleit ein praktisches und überaus kostengünstiges Angebot zu sein, denn so sparte sie sich eine Busfahrt. Seitdem gingen die beiden Frauen einmal in der Woche gemeinsam zum Friseur.

Lotte erinnerte sich, auf ihrem Sofa liegend, daß Frau Wohlmann, wenn sie es jetzt so recht bedachte, nie gerne von ihrem Enkel gesprochen hatte. Sie hatte immer nur von der Enkelin, deren Mann und den Kindern erzählt.

Der gewohnte Schlaf wollte sich heute mittag nicht einstellen, die Gedanken kreisten. So war sie die erste, die sich zu dem wöchentlichen Französischkurs im Seniorenstift einfand.

Sie selbst hatte sich vor Jahren vehement für die Gründung eines lateinischen Lektürekurses stark gemacht. Aber obwohl doch hier im Stift „durchaus Leute mit Niveau" lebten, wie Lotte gerne betonte, hatte sich außer Lotte Askoleit kein Mensch dafür interessiert. So war sie zu Frau Dr. Grabert umgeschwenkt, die als ehemalige Französischlehrerin bestens berufen war, das Schulfranzösisch der Stiftsdamen aufzupolieren. („Ich vermisse mal wieder die Herren der Schöpfung!" donnerte Frau Dr. Grabert bisweilen.)

Die Kursleiterin war schon anwesend und gerade im Begriff, Arbeitsblätter auf den Tischen zu verteilen.

„Hören Sie, liebe Frau Askoleit" – sie bemühte sich, ihre im jahrzehntelangen schulischen Betrieb geschulte Stentorstimme zu senken, – *„entre nous,* ich bin mir definitiv sicher in der Sache. Der junge Robert Wohlmann hatte etwas mit einer verheirateten Frau. Beim Mittagessen wollte ich das nicht so vertiefen, das ist nichts für *tout le monde*. Seine Großmutter hat mir im letzten Sommer einen Zeitungsausschnitt gezeigt mit einem Bericht über das Schloßgartenfest. Die übliche Geschichte wie jedes Jahr mit Bildern von Leuten, die sich scheinbar prächtig amüsieren." Frau Dr. Grabert schnaubte verächtlich.

„Ja, und auf einem Foto in diesem Bericht sah man doch in voller Größe den jungen Wohlmann mit einer Frau im innigen Tanz. *Une belle femme, mais ... alors ...*, ich würde sagen mindestens fünfzehn Jahre älter. Er hat gegenüber seiner Großmutter natürlich alles rundheraus abgestritten, das sei nur eine entfernte Bekannte, mit der er zufällig gerade getanzt habe. Aber unsere Frau Wohlmann hat „die

Dame" eindeutig als seine *maitresse* identifiziert. Scheint ein zweifelhafter Bursche gewesen zu sein, ihr Enkel. Sie hat sich letztes Jahr sehr über das Bild aufgeregt, die Arme. Was die Leute dazu sagen und so weiter. Hat sie Ihnen das damals nicht erzählt?"

Lotte blickte unbestimmt.

Der Raum begann sich zu füllen, noch immer drehten sich die Gespräche um das Thema des Tages, bis Frau Dr. Grabert in die Hände klatschte und dringend darum bat, man möge doch die Privatgespräche einstellen und endlich zum Thema kommen. Man wolle sich heute an einer kleinen Fabel von Racine versuchen, und eine der Damen möge sich doch bitte sehr freiwillig melden, um den französischen Text vorzulesen.

Lotte tat diese Stunde gut. Die Zeit schien ihr im Flug vergangen, als sie nach einer Stunde wieder zu ihrem Appartement zurückkehren wollte. Auf dem Weg durch die große Halle sah sie den Stiftsleiter mit einem Polizisten in Uniform und einem Mann in Zivil stehen.

Lotte beschloß, direkt auf die Gruppe zuzusteuern. Der Stiftsleiter wandte sich mit einer kleinen Verbeugung in ihre Richtung.

„So, Grüß Gott, liebe Frau Askoleit, uns geht's gut, ja? Das freut mich aber. Einen schönen Nachmittag noch weiterhin. Ja dann ..., auf Wiedersehn, Frau Askoleit!"

Doch so einfach wollte sich Lotte nicht vorbeikomplimentieren lassen. Sie beschloß, sich dickfellig zu stellen und die Unterhaltung der drei Herren zu stören und wandte sich an den Herrn in Zivil:

„Verze-i-j-en Sie (wenn sie nervös war, brach manchmal noch ihr ostpreußischer Dialekt durch), Sie sind doch sicher der Kommissar, der mit der Aufdeckung dieser ganzen Geschichte befaßt ist?"

Der Mann in Zivil – er hatte einen Schnurrbart – sah sie nicht eben freundlich an. Doch er nickte.

„Ja, ganz recht, gnädige Frau, wir kümmern uns um die Geschichte, keine Sorge."

Lotte blieb hartnäckig.

„Wissen Sie, Herr Kommissar, ich war nämlich durch einen Zufall dabei (sie sagte „dabe-i-j"), als der Enkel unserer Frau Wohlmann aus der Schwabach geholt wurde. Das war kein schöner Anblick, Herr Kommissar. Er war noch so jung. Und sein Gesicht ..." Ihre Stimme zitterte. „Die ganze Geschichte ist mir s e h r nahe gegangen, Herr Kommissar. Weiß man denn schon irgend etwas, wie es passiert ist?"

Kommissar Manfred Groß mochte im Alter ihres Neffen sein und hatte einen Schnurrbart, an dem er dauernd zupfte. Warum waren alte Leute oft nur so distanzlos und neugierig? Seufzend dachte er an seine eigene Schwiegermutter, die ihn mit ihren unerbetenen Tips und Ratschlägen zu allen Lebensfragen seit Jahren peinigte.

Er bemühte sich dennoch um einen freundlich-distanzierten Ton und gab der alten Dame in knappen Worten Auskunft, daß man leider noch gar nichts wisse, die Polizei aber mit Nachdruck an dem Fall arbeite und sie sicher demnächst über den weiteren Verlauf des Falles in der Zeitung nachlesen könne. Damit drehte er sich abrupt um und machte Anstalten, sein Gespräch mit dem Stiftsleiter wieder aufzunehmen.

Lotte war empört. Man behandelte sie wie eine unzurechnungsfähige Alte! Natürlich hatte die Polizei Vermutungen, stellte Nachforschungen an, sonst wäre sie ja nicht hier. Sie selbst hätte dem Kommissar das eine oder andere erzählen können. Von der Großmutter des Toten. Von den Gerüchten, die über den Lebenswandel des Toten im Umlauf waren ...

Sie grüßte kurz zu den drei Herren, die sie schon nicht mehr beachteten, umfaßte den Griff ihres Stockes und wandte sich zornig zum Gehen. So etwas mußte sie sich nicht bieten lassen! In ihrer Wohnung angekommen, schloß sie die Tür mit Nachdruck und ging sofort zum Telefon.

Sie wußte, daß ihr Neffe beim Dienst in der Klinik nicht gestört werden wollte. Der Arme war chronisch überlastet. Aber im Moment sah sie keine andere Möglichkeit. Sie wählte Jürgens Kliniknummer.

„Herr Dr. Kallfels ist gerade bei einer Untersuchung. Er hat einen Patienten. Ich kann ihn jetzt wirklich **unmöglich** stören."

Jedesmal war es dieselbe Antwort. Die Stimme der Schwester klang überaus kühl.

„Ich bin seine Tante, es ist dringend. Ich warte." Lottes Stimme war unerbittlich. Endlich war er am Hörer. Er wirkte gehetzt.

„Liebe Tante Lotte, ich habe Patienten, es paßt mir im Moment wirklich gar nicht. Du hast ja keine Ahnung, was hier los ist. Wo brennt's denn mal wieder?"

Nein, heute morgen habe er die Zeitung nur teilweise lesen können. Dieser neurotische Dackel sei ihm beim Frühstück auf den Schoß gesprungen, habe mit dem wedelnden Schwanz seine Kaffeetasse umgeworfen, der auslaufende Kaffee habe nicht nur den Lokalteil, sondern auch seine weißen Hosen versaut. Die Zwillinge und Jutta hätten das alles urkomisch gefunden. Haha! Jedenfalls habe er aus diesen Gründen keine Ahnung, was in der Stadt Besonderes passiert sei.

Lotte versuchte, sich kurz zu fassen, berichtete vom Fund in der Schwabach, von der alten Frau Wohlmann, von der aufreizenden Behandlung durch den Kommissar und kam schließlich zum Kern ihres Anrufes.

Erst schwieg ihr Neffe einen Moment, oder hatte er ganz leise geseufzt? Dann schlug er den väterlichen, mild-verständnisvollen Ton an, in dem er mit seinen älteren Patientinnen über ihre – zumeist psychosomatisch bedingte – Obstipation sprach:

„Liebe Tante Lotte, du weißt, ich tue dir jeden Gefallen, aber das Obduktionsergebnis geht zunächst einmal nur die Polizei etwas an. Du bist mit dem Toten in keiner Weise verwandt. Das Ergebnis geht dich überhaupt nichts an. Ja ja, ich sehe ja ein, daß dir diese Frau Wohlmann leid tut und daß der Anblick eines Ertrunkenen scheußlich ist. Natürlich muß man klären, was da eigentlich passiert ist. Aber du mußt dich da nicht einmischen. Das geht in solchen unklaren Fällen alles seinen Gang: Obduktion, Ermittlungen, Polizei; du kannst sicher sein, daß solche Geschichten gründlich untersucht werden. Ehrlich gesagt, sei mir nicht böse, liebe Tante Lotte, ich glaube, dir ist einfach nur sterbenslangweilig, und ein bißchen neugierig warst du schon immer. Natürlich kenne ich den Kollegen von der Patho gut und kann ihn nach dem Ergebnis der Obduktion fragen. Das ist nicht das Problem. Aber ich kann doch den Befund nicht einfach herumerzählen. Warte doch einfach, bis alles in der Zeitung steht."

Lotte war ehrlich entrüstet. Wollte man sie schon wieder als unzurechnungsfähige Alte hinstellen?

„Mein lieber Jürgen, du weißt ganz genau, daß ich schweigen kann wie ein Grab. Du weißt, daß ich dich wirklich über alles liebe. Aber wie kommst du darauf, daß ich mich langweile? Wir haben so viele schöne kulturelle Angebote hier oben. Gerade eben komme ich vom Französischunterricht mit Frau Dr. Grabert. Eine eindrucksvolle Dame. Ich muß euch bei Gelegenheit miteinander bekannt machen. Kennst du die Fabel von Racine mit dem Fuchs und der Taube? Siehst du. Du solltest dir mal wieder Zeit für ein gutes Buch nehmen. Immer nur diese Krankenbefunde! Nein, ich fühle mich wirklich wohl hier im Stift.

Aber diese Geschichte geht mir einfach nicht aus dem Kopf. Es ist eben doch etwas anderes, ob man so etwas in der Zeitung liest oder ob man daneben steht und sie holen so einen jungen Menschen aus dem Wasser und er ist tot. So jung! Und keiner kann sich darum kümmern. Die Eltern von dem Jungen tot, die Großmutter in der Klinik. Und ob dieser Kommissar der richtige Mann dafür ist? Er machte so einen desinteressierten Eindruck! Mein Lieber, kannst du dich nicht doch einmal erkundigen? Von mir erfährt bestimmt keine Menschenseele etwas."

Hörte sie nicht, wie ihr Neffe am anderen Ende der Leitung leise seufzte und mit den Fingern gegen den Hörer trommelte? Der Patient, der gerade auf der Untersuchungsliege wartete, begann damit, sich wieder anzuziehen. Und die Schwester warf eben das Untersuchungsblatt auf seinen Schreibtisch und zischte, **sie** habe seit einer Viertelstunde Feierabend.

Aber die Tante ließ nicht locker, wohl wissend, daß ihr Neffe jetzt schwach werden würde.

„Jürgen, ich weiß, daß ihr beide, Jutta und du, wenig Zeit habt. Ihr müßt euch wirklich nicht oft um mich kümmern. Überleg mal, wann habe ich dich das letzte Mal um einen Gefallen gebeten?"

Sie wußte, daß ihr Neffe ein nur zu gutmütiger Mensch war. Dr. Kallfels stand der Schweiß auf der Stirn. Der Patient stieg gerade wieder in seine Schuhe, die Schwester warf eben im Gehen die Türe zu. Termine, Termine ohne Ende. Verwaltungsarbeit, Patienten, Studenten, PJ-ler. Es war zum Verrückt-Werden.

Aber er mochte seine Tante wirklich (eigentlich war es ja nicht seine, sondern Juttas Tante), und so ließ er sich schließlich erweichen, „sich einmal umzuhören". Ja, sein schlechtes Gewissen und der Wunsch, dies Telefonat endlich zu beenden, trieben ihn sogar noch ein Stück weiter.

„Paß auf, Tante Lotte, wir haben im Moment gerade einen wichtigen Mann aus Berlin hier. Hält bei uns eine Fortbildung für die Kollegen, macht morgen noch einen Gastvortrag für die Studenten, dann muß ich ihn wohl oder übel noch zum Bahnhof begleiten. Das gehört sich so unter Kollegen. Danach nehm' ich mir einfach eine Viertelstunde Zeit. Wie wär's, wenn wir mal wieder zusammen eine Tasse Kaffee trinken würden und über diese ganze Geschichte in Ruhe reden?"

Lotte fühlte sich offenbar mal wieder besonders einsam in ihrem Stift. Merkwürdige Gedanken schienen in ihrem Kopf herumzugeistern. Er und Jutta hatten viel zu selten Zeit für sie. Die Wochen rasten vorbei. Hatten sie sich seit Weihnachten überhaupt noch mal gesehen? Das schlechte Gewissen befahl, sich dies bißchen Zeit für sie zu nehmen. Morgen, morgen, nur nicht jetzt gleich!

Der Patient stand mittlerweile angezogen neben dem Schreibtisch, und gerade rauschte die Schwester noch einmal herein, aber nur um noch einen Packen Befunde auf den Tisch zu knallen und mit hochrotem Kopf etwas von „endlosen Privatgesprächen in der Dienstzeit" zu zischen.

„Jürgen, was ist los, du wirkst so gehetzt? Kann man sich nicht **einmal** in Ruhe mit dir unterhalten?"

Dr. Kallfels schnaufte schwer.

„Aber natürlich, Tante Lotte. Ich unterhalte mich gerne mit dir. Nur, tu mir das nächste Mal einen Gefallen. Versprich mir, daß du mich das nächste Mal zu Hause und nicht wieder in der Klinik anrufst."

Während er endlich den Telefonhörer auf die Gabel legte, wischte er sich die Schweißtropfen von der Stirn und überlegte fieberhaft, mit welchem Kompliment er die Stationsschwester wieder gewogen stimmen könnte.

IV

Schon frühzeitig saß Lotte Askoleit am nächsten Tag im Freien vor dem Café am Schloßgarten. Sie war sofort nach dem Mittagessen mit dem Bus in die Stadt gefahren. Wieder kein Mittagsschlaf – diese Geschichte brachte ihren ganzen Tagesrhythmus durcheinander. Zwar war es frühlingshaft warm, aber sicherheitshalber nahm sie doch Hut und Mantel.

Sie stieg am Martin-Luther-Platz, im ältesten Teil der Stadt, aus und ging als erstes zu einem der wenigen alteingesessenen Metzger, die es noch gab. Sie verlangte ein Achtel Rügenwalder, ein Achtel Kalbsleberwurst und entschied sich nach dem Studium der wöchentlichen Sonderangebote noch für hundert Gramm Gelbwurst geschnitten. Das reichte wieder für die nächsten Abende.

Die Handtasche und den kleinen, auffaltbaren Nylonbeutel mit ihren Einkäufen in der einen Hand, den Stock in der anderen, ging sie die Straße entlang, die sich im Bogen dahinzog, um sich dann kerzengerade zu strecken und sich schnurstracks bis zu dem modernen Einkaufszentrum im Süden der Innenstadt zu ziehen.

Ihr war der alte Teil der Stadt hier lieber. Die niedrigen, zweigeschossigen Häuser mit ihren Sandsteinfassaden, die überkragenden Dächer, wo früher Seilwinden die Lasten unters Dach hievten, die krummen Seitengassen mit den vielen Lokalen, ein Stück weiter dann das Mühlebrett der Hugenottenstadt.

Hier hatten die kleinen beamteten Attilas in der Stadtverwaltung und unter den Architekten in den vergangenen Jahrzehnten nicht so gewütet und das Gesicht der Stadt zerstört wie weiter im Süden der Stadt. Auch wenn das Rathaus längst dorthin, in den moderneren Teil verlegt war, über dem der gleiche betörende Glas- und Beton-Einheits-Charme lag wie über allen bundesdeutschen Einkaufsmeilen, schlug für Lotte immer noch hier das Herz der Stadt.

Am Marktplatz sauste eine Schulklasse zwischen den Ständen umher und notierte auf Zetteln die Preise von einzelnen Gemüsesorten. Die Lehrerin blinzelte von den Stufen des Brunnens in die Sonne und verfolgte nur mit einem Auge das Treiben ihrer Schüler. Das Angebot unter den gestreiften Schirmen quoll über von der ganzen Pracht des Frühlings. Alle Früchte des Knoblauchlandes boten sich dar. Spargel, Mairettiche, Erbsen, Frühlingszwiebeln, junge Karotten, die ersten einheimischen Erdbeeren. Die Stände mit Knoblauch und Oliven gaben ihre Würze dazu. Die Blumenfrauen besprengten ihr Angebot an Salatpflänzchen, Tomatenstöcken, Sommerblumen und Kräutern, denn die Sonne schien warm. Lotte genoß die Gerüche, die üppigen Farben, die Geschäftigkeit zwischen den Ständen.

In einem Anfall von Frivolität beschloß sie, sich trotz des hohen Preises eine Schale Erdbeeren zu kaufen. Nachdem sie bezahlt hatte, stellte sie enttäuscht fest, daß die Früchte zwar tiefrot glänzten, ihnen aber der süße Duft nach Sonne fehlte, den sie so liebte. Treibhausware! Sie biß in eine Erdbeere, die wie eine säuerlich-feste Gurke schmeckte. Lotte ärgerte sich und verstaute die Schale in ihrem Nylonbeutel.

Ein Blick auf die Uhr oben am alten Rathaus zeigte ihr, daß es immer noch zu früh für ihre Verabredung war. Sie schlenderte hinüber zu der großen Buchhandlung, wo sie des öfteren ein preiswertes Taschenbuch erstand, denn die Stiftsbibliothek entsprach nicht ihrem Geschmack. Gleich am Eingang empfing sie ein Sondertisch mit einem Plakat darüber: *„Soeben erschienen – der Erlanger Stadtkrimi!"*. Lotte schüttelte den Kopf mit den dünnen weißen Locken. Du lieber Himmel, gab es nicht genug Mord und Totschlag auf der Welt? Mußten sich die Leute da auch noch neue Lumpereien ausdenken und darüber Bücher schreiben? Das Bild des toten Robert Wohlmann tauchte wieder vor ihr auf. Ob Jürgen etwas herausbekommen hatte? Geistesabwesend blätterte sie in ein paar Büchern, hätte fast ihre Nylontasche stehenlassen und machte sich schließlich tief in Gedanken auf den Weg zur Verabredung mit ihrem Neffen.

Lotte suchte sich ein sonniges Plätzchen vor dem alten Fachwerk-Café. Zwei Hunde, die sie an dicke, zottelige Minibären erinnerten, lagen stoisch in der Sonne. Der Kellner brachte ihr wunschgemäß ein Kissen für ihren Stuhl und ein Kännchen Tee. Mit dem Kuchen wollte sie noch warten, denn ihr Neffe war bestimmt nicht pünktlich.

Ihr Blick streifte über den sonnigen, rechteckigen Platz mit seinen Marktschirmen, dem Brunnen und dem Standbild des Markgrafen. Vor dreihundert Jahren waren hier auch schon einmal Flüchtlinge, Glaubensflüchtlinge aus Frankreich, angekommen. Der Markgraf hatte sie gerufen, ihnen ein Dach über dem Kopf, Kredite und Religionsfreiheit zugesagt und eine eigene Stadt für sie bauen lassen.

Neue Gewerbe hatten die Franzosen damals mitgebracht, hatten feine Dinge wie Hüte, Handschuhe und Gobelins produziert und waren von den alteingesessenen Bürgern mit Mißtrauen beäugt worden – mit dem gleichen Mißtrauen, das auch ihr selbst vor mehr als fünfzig Jahren entgegengeschlagen war. Aber auch damals waren die Neuankömmlinge irgendwann nicht mehr wegzudenken und hatten die Stadt verändert.

Vom Sims des Schlosses, das sich zum Greifen nah vor

ihr erhob, sahen Jupiter, Herkules und Juno, Mars und Minerva auf den Platz herab. Hier hatte mehr als fünfzig Jahre lang auch eine Witwe gewohnt, die Markgräfin Sophie Caroline. Im Winter des Jahres 1764 war sie hier mit ihrem Hofstaat eingezogen. Lotte überlegte, ob Sophie Carolines Witwenstand auch so trübe gewesen war wie ihr eigener? Viel Geld schien die Markgräfin nicht gehabt zu haben, aber Sinn für Etikette und Lebensart. Immerhin hatte es gereicht für den Unterhalt eines „hochfürstlichen Opern- und Commoedienhauses“, für Karnevalslustbarkeiten, Feuerwerke, Maskenbälle und pompöse Umzüge nach antiken Vorbildern. Dazu ließ sich die Markgräfin gerne in der Sänfte tragen – wahrscheinlich hatte sie auch Arthrose. Lotte seufzte und nahm einen Schluck Tee.

Durch die eiserne Tür des Schloßgartens, die jeden Abend unter lautem Gebimmel des Schloßgartenwärters verschlossen wurde, sausten die Fahrradfahrer, obwohl das Radfahren im Schloßgarten verboten war. Auf den Wiesen lagerten Studenten in der Mittagspause. Die Rabatten um den Brunnen hatten schon ihre Sommerbepflanzung erhalten. Auf der Spitze des Brunnens wachte in Stein gehauen Markgraf Christian Ernst persönlich darüber, daß in seiner Stadt alles korrekt zuging. Lotte schloß die Augen und genoß die Sonne.

„Na, bin ich nicht sensationell pünktlich? Da staunst du, was?“

Lotte blinzelte ins Licht und strahlte ihren Neffen an. Der drückte ihr einen Kuß auf die Wange und ließ sich mit einem Aufseufzer neben sie auf einen Stuhl fallen. Er kramte in den Taschen seines Jacketts nach einem Taschentuch, trocknete sich die schweißnasse Stirn, stopfte das Tuch wieder in die Tasche und beugte sich dann zu seiner Tante herüber.

Lotte strich über seine Hand. „Wie schön, daß du da bist, mein Guter. Hast du gar keinen Mantel dabei? Du wirst dich erkälten! Du solltest wirklich mehr auf deine Gesundheit achten. Du siehst abgehetzt aus. Du arbeitest zu viel. Wie geht's Jutta und den Kindern?"

Lotte tätschelte die gerötete Wange ihres Neffen. Der öffnete seinen Jackettknopf, holte nochmals sein Taschentuch hervor, um sich über die Stirne zu wischen, und schnaufte dann auf:

„Glaub mir, das hier ist der erste schöne Moment an diesem Tag. Ich kann dir gar nicht sagen, wie froh ich bin, daß er endlich wieder weg ist."

„Wer ist wieder weg?" Lotte schaute verständnislos.

„Na dieser Stoffwechselpapst aus Berlin, den wir hier hatten. Ich habe ihn gerade zum Bahnhof gebracht und gewartet, bis der Zug abgefahren ist. Du machst dir keine Vorstellung, was er für eine Nervensäge war. Ist zweifellos eine Koryphäe in seinem Fach. Wirklich, alle Achtung. Hat da ein paar sehr interessante neue Forschungsergebnisse vorgetragen. Aber wenn du mich fragst, hat er sich sein Fachgebiet nur ausgesucht, weil er selbst so dünn und freudlos ist. Weil ihm selbst nichts schmeckt, will er uns anderen erzählen, was alles dick und krank macht!

Stell dir vor, gestern abend wollte ich ihm ein bißchen was von der Umgebung zeigen. Soll ja nicht nach Berlin zurückfahren und nur unsere häßliche Klinik gesehen haben.

Bin also abends extra noch mit ihm in die Fränkische Schweiz rausgefahren. Dachte mir, ich gehe mit ihm Schäufele essen. Du weißt schon, mit so einer richtigen krachigen, köstlichen Kruste. Und Klöße dazu und ein selbstgebrautes Bier! Herrlich! – Was macht er? Trinkt Mineralwasser, stochert im Essen rum und erzählt mir den ganzen Abend von kanzerogenen Röststoffen und den kardio-vaskulären Risiken des Übergewichts. Und da soll es einem schmecken?" Dr. Kallfels schüttelte sich voll Abscheu.

„Aber jetzt essen wir erst mal ein schönes Stück Kuchen zusammen, was?"

Lotte nickte andächtig. Sie hatten beide eine Schwäche für die Spezialität des Hauses, ein Wunderwerk aus vielen dünnen, knusprigen Böden mit köstlicher, schwerer Buttercreme dazwischen und einem höchst bayerischen Namen. Der Stoffwechselpapst hätte sicher sehr indigniert geschaut und angefangen, über die Folgen erhöhter Cholesterinwerte zu dozieren.

Die beiden aber ließen es sich schmecken. Dr. Kallfels aß in großen Bissen, Lotte Askoleit in kleinen Häppchen.

Plötzlich schoß ein behelmter Radfahrer auf einem Rennrad vorbei.

„Hast du ihn gesehen, Tante?"

Dr. Kallfels' Kuchengabel deutete hinter dem behelmten Radfahrer her.

„Das war unser Stadtoberhaupt. Unterwegs zu einem Termin."

Lotte sah ihren Neffen verständnislos an.

„Du meinst, das war der Oberbürgermeister? Hat der Arme denn keinen Dienstwagen?"

Jürgen Kallfels zuckte die Achseln und lachte, kratzte mit der Gabel die letzten Reste der Buttercreme von seinem Teller, nahm einen großen Schluck Kaffee, sah auf seine Armbanduhr, und sein Gesicht, das gerade noch ganz entspannt gewesen war, begann sich wieder in Sorgenfalten zu legen.

„Ich fürchte, ich habe nicht viel Zeit. Wir sollten mal zum Thema kommen. Meinst du immer noch, du mußt unbedingt etwas über diese Leiche erfahren?"

Lotte setzte ihre Teetasse ab und sah ihn bittend an. Dr. Kallfels seufzte.

„Also gut. Aber das muß alles unter uns bleiben, ja? Du bringst mich sonst in Teufels Küche."

Lotte lächelte beschwichtigend und murmelte: „Ehrenwort."

„Also", Dr. Kallfels schnaufte. „Ich habe mich bei dem Kollegen in der Patho erkundigt. Die Obduktion ist abgeschlossen. Der junge Mann hatte eine leichte intrakranielle Blutung, also eine Blutung im Kopf, vielleicht durch einen Schlag, vielleicht durch einen Sturz. Gestorben ist er daran aber nicht.

Das Obduktionsergebnis lautet auf Tod durch Ertrinken. Außerdem hatte der Bursche ordentlich Alkohol im Blut. War er nicht Mitglied in einer Studentenverbindung? Die vertragen ja ganz schön was. Da kann unsereins nur staunen. Obwohl ich gegen ein Bierchen ab und zu auch nichts einzuwenden habe. Aber mit diesen ewigen Bereitschaftsdiensten und Nachtdiensten ... Nun gut. Äußere Verletzungen – Fehlanzeige. Keine Würgemale, keine fremden Hautfetzen oder Stoffreste unter seinen Nägeln. Keinerlei Spuren eines Kampfes. Das einzige, was man gefunden hat, ist eine kleine Marke an der Schläfe."

Der Neffe kramte seinen Kugelschreiber aus dem Jackett, beugte sich schnaufend vor und malte zwei schmale parallele Streifen auf einen Bierdeckel.

„So ungefähr sahen die aus."

Lotte drehte den Bierdeckel zwischen den Händen.

„Weiß man denn, wann er in der Schwabach ertrunken ist?"

„Bei einer Wasserleiche ist das immer schwierig festzustellen, sagt der Kollege aus der Patho, weil die Wassertemperatur den Zustand der Leiche beeinflußt. Aber der Kollege meint, er muß am späten Samstag abend ums Leben gekommen sein. Er dürfte also gute zwölf bis fünfzehn Stunden tot im Wasser getrieben haben. Deshalb sah er auch so unappetitlich aus ... Ja, das wär's. Mehr kann ich dir auch nicht erzählen. Ist deine Neugier jetzt befriedigt?"

Lotte Askoleit strich ihrem Neffen über die Backe. „Du bist mein Lieber, ich danke dir, daß du dir die Zeit genommen hast, dich zu erkundigen. Ich weiß ja, wie überlastet du bist."

Sie überlegte einen Moment. „Eigentlich weiß man doch jetzt aber immer noch nicht, was passiert ist, oder?"

„Nein, das weiß im Moment keiner. Da hat die Polizei noch ein Stück Arbeit vor sich. Und du kannst deiner Phantasie freien Lauf lassen, liebe Tante. Warte, eins fällt mir noch ein. Der Tote hatte einen kleinen Zettel in der Hosentasche."

Der Neffe suchte schwitzend in seinem Jackett, förderte erst das Taschentuch, dann den Kugelschreiber und schließlich einen zerknitterten Zettel zutage. „Darauf stand – ich hab's mir extra aufgeschrieben – hier haben wir's :

‚20.5. 20.00 EK.'

Keine Ahnung, was das bedeuten soll. Du kannst den Zettel haben. Ja, mehr kann ich dir wirklich nicht sagen." Er blickte auf die Armbanduhr und wurde ganz offensichtlich nervös.

„Liebe Tante Lotte, ich muß wieder. Habe in der Klinik gar nicht gesagt, daß ich länger wegbleibe. Möchte die eine Schwester nicht schon wieder verärgern. Die legt Wert auf einen pünktlichen Feierabend – von so was kann ich ja nur träumen. Du bist mir nicht böse?"

Lotte lächelte verneinend. Ja sie erklärte sogar, er solle ruhig schon mal losziehen, sie werde die Rechnung für sie beide begleichen. Ihr Neffe nahm schon halb im Stehen den letzten Schluck Kaffee aus seiner Tasse, meinte, so eine kleine Kaffeepause solle man sich wirklich öfter gönnen, und natürlich werde er Jutta und die Kinder grüßen, drückte ihr noch einmal einen Kuß auf die Wange und schlängelte sich an den Stühlen der Cafébesucher vorbei.

Doch dann machte er noch einmal kehrt, kam zurück und beugte sich an Lottes Ohr. „Und sag um Gottes willen niemand was. Du weißt, ich komme sonst in Teufels Küche."

Lotte drückte ihm die Hand und nickte verschwörerisch. Wenige Augenblicke später sah sie ihn schon weit hinten im Schloßgarten mit behenden Schritten seiner Klinik zustreben. Sie selbst blieb noch ein Viertelstündchen gedankenverloren in der Sonne sitzen.

Tief betroffen nehmen wir Abschied von unserem lieben Bruder und Enkel, unserem Schwager und Onkel, der uns plötzlich und unerwartet verlassen hat.

Robert Wohlmann

geb. 31.7.72 gest. 16.5.99

Monika Schobert geb. Wohlmann
Walter Schobert mit Nicole und Katharina
Käthe Wohlmann

Wir geleiten ihn zur letzten Ruhe am Donnerstag, 20.5. um 15.00 Uhr auf dem Altstädter Friedhof.

In tiefer Trauer verneigen wir uns vor unserem verstorbenen Bundesbruder, dem wir durch viele Jahre freundschaftlich verbunden waren. Wir werden sein Andenken immer in Ehren halten.

Robert Wohlmann

Die Aktivitas trifft sich am 20.5. um 14.45 Uhr am Eingang zum Altstädter Friedhof.

Käthe Wohlmann – natürlich stand ihr Name bei den trauernden Hinterbliebenen, auch wenn sie von dem, was um sie herum geschah, nichts wahrnahm, denn sie lag noch immer auf der Intensivstation, und ihr Zustand war unverändert ernst. Schon ihr zuliebe war es eine Selbstverständlichkeit, daß Lotte Askoleit die wohlvertraute schwarze Kleidung anlegte und sich auf den Weg zum Friedhof machte.

Der Bus war mit kleinen weißroten Fähnchen geschmückt. Richtig, heute begann ja die Bergkirchweih. Die Straße hinunter stadteinwärts standen dicht an dicht die langen Wohnwagenreihen der Schausteller, ein Schilderwald wies die Hunderttausende, die kommen würden, auf Einbahnstraßen, Parkmöglichkeiten, Polizeiwache und Rettungsstation hin. Durch das dichte, frühlingsgrüne Laub der Bäume sah Lotte hier ein Karussell, da eine Schießbude und übergroß das Riesenrad. Die Gespräche der Umsitzenden im Bus drehten sich nur um ein Thema: „Wann gehstn du nauf?" Und: „Allmächt, des fei des Wedder hält."

Das alles schien Lotte weit weg. Ihre Gedanken waren schon auf dem Friedhof. Ihr erster Gang führte sie in das nahe Blumengeschäft. Ein Strauß rosa Nelken für das Grab ihres Mannes. Man kannte sie hier gut und wußte, daß sie immer rosa Nelken nahm, weil ihr das am passendsten schien und weil Nelken erfahrungsgemäß am längsten hielten.

Den Weg zum Friedhof hätte sie auch blind gefunden. Im ersten Jahr nach dem Tod ihres Karl war sie in ihrer übergroßen Trauer und Einsamkeit trotz der Arthroseschmerzen jeden Tag hier gewesen, erst tränenüberströmt, später stumm. Nach etwa einem Jahr hatte ihre resolute Freundin Mathilde in ihrer unverblümten Art zu ihr gesagt:

„Lotte, nun mach mal einen Punkt. Zieh endlich das schwarze Zeug aus. Ihr habt keine Kinder gehabt, da hängt man natürlich aneinander. Aber du machst deinen Karl nicht mehr lebendig." Und dann den unendlich banalen Satz: „Das Leben geht weiter." Aber so war es. Langsam wich der wühlende Schmerz, wenn auch die Traurigkeit blieb. Das Leben der Lotte Askoleit – alleine – begann.

Sie war viel zu früh dran. Dennoch stand an dem schmalen schmiedeeisernen Eingangstor schon eine Gruppe von Verbindungsstudenten mit farbigen Mützen und dem blau-grün-weißen Band, das unter den schwarzen Anzugjacken hervorsah. Man grüßte mit ernstem Gesicht und ließ die alte Dame mit einer ganz kleinen Verbeugung vorbei. Lotte hatte es immer geschätzt, daß man den jungen Leuten in den Verbindungen Manieren beibrachte.

Wie immer fiel ihr der ansteigende Weg hinauf zur Kirche und zum Grab ihres Mannes schwer. Die alte Martinskirche erhob sich wie eine Insel zwischen Gräbern, Schnellstraße und Bahndamm. Schon seit Jahrhunderten stiegen die Menschen den kleinen Berg hoch zum heiligen Martin. Jedes Jahr strömten Schulklassen mit ihren Lehrern am Martinstag hierher. Dann war der alte Holzschrein in der Kirche geöffnet, die Kinder betrachteten die ungelenke bunte Holzfigur des Heiligen mit dem Schwert und dem Mantel, das merkwürdige Zwitterwesen aus Pferd und Esel, auf dem er saß, und den dunkelblauen Sternenhimmel dahinter, um dann lachend und redend wieder davonzuziehen – ein bißchen Leben an diesem stillen Ort.

Kurz vor der Kirche lag auf der linken Seite die Leichenhalle. Der Sarg war schon in der Kirche, doch das Beerdigungsinstitut hatte hier im Freien die Kränze und Gestecke, die für das Begräbnis in Auftrag gegeben worden waren, im Halbkreis arrangiert.

Lotte grüßte stumm zu dem Vertreter des Beerdigungsinstituts, der in schwarzem Anzug und mit undurchdringlicher Miene neben den Kränzen und dem Kondolenzbuch stand. Sie stützte sich auf ihren Stock und betrachtete die Kränze mit den schwarzen Schleifen daran. Ein schweres Gebinde mit Tannengrün und weißen Lilien: *„In tiefer Trauer – Monika, Walter, Nicole und Katharina"*. Ein weiterer Kranz in den Farben von Roberts Burschenschaft – blaue Vergißmeinnicht, weiße Maiglöckchen, grüne Zweige – einfach schön. Dazu die Abschiedsworte *„Letzter Gruß – die Aktivitas"*. Ein weiterer Kranz der „Alten Herren" von Roberts Studentenverbindung, mehrere Gebinde und – aus lauter roten Rosenköpfen, dicht an dicht – ein rotes Herz, ohne Schleife, ohne Kärtchen. Ein ungewöhnlicher Grabschmuck.

Offenbar hatte niemand daran gedacht, im Namen der Großmutter einen Kranz zu bestellen. Sobald die Trauerfeier begann, würde ein Angestellter des Beerdigungsinstituts den Blumenschmuck auf einen Rollwagen laden und zum offenen Grab fahren.

Lotte trug sich in das ausliegende Kondolenzbuch ein und wandte sich dann Richtung Kirche. Neben der offenen Eingangstüre stand der Stein, dessen Inschrift ihr im ersten Trauerjahr jeden Tag die Tränen in die Augen getrieben hatte:

„Wie der Hirsch schreit nach frischem Wasser, so schreit meine Seele, Gott, zu dir."

Wenige Schritt von hier nach links war Karls Grab. Automatisch griff sie hinter den Stein nach dem Kratzer, mit dem alle Witwen hier die schmalen Sandwege um das Grab peinlich sauber hielten und mit den frischen Kratzspuren allen später Kommenden demonstrierten: Ich war heute schon bei meinem lieben Verstorbenen. Sie sammelte ein paar Tannennadeln von der blankpolierten

Grabplatte und legte mechanisch den neuen Strauß darauf. Für mehr als ein kurzes Gebet reichte heute ihre Andacht nicht, denn inzwischen strömten die Trauergäste in die Kirche.

Lotte Askoleit verharrte in der Eingangstüre. Im Umsehen fand sie kein bekanntes Gesicht. Sie hätte es gerne gehabt, wenn Mathilde mit zur Beerdigung gekommen wäre. Diese wollte sie eigentlich auch begleiten, schon weil sie von Natur aus neugierig war, mußte aber im letzten Moment telefonisch absagen. Ihre Schwiegertochter hatte angerufen, weil sie dringend im Geschäft gebraucht wurde. Ob Oma Mathilde heute mittag die Kinder hüten könnte? „Du stehst eben noch mitten im Leben“, hatte Lotte mit ein wenig Neid erwidert.

Im Halbdunkel des Raumes sah sie nur Rücken und Profile von jüngeren Menschen. Lotte stand unschlüssig. Nur in einer der linken hinteren Bänke saß eine korpulente Frau ihres Alters. Neben ihr ließ sich Lotte schließlich mit einem kurzen Nicken nieder.

Die Beerdigung war gut besucht, stellte sie fest. Viele junge Leute, sicher Bundesbrüder, Kommilitoninnen und Kommilitonen, Freunde. Viele auch im mittleren Alter, die Herren mit Band und Mütze. Durch die bevorstehenden Pfingsttage und die Bergkirchweih waren viele auswärtige Bundesbrüder in der Stadt, die nun das Vergnügen eines Bergbesuches mit der traurigen Pflicht verbanden, vom jungen Wohlmann gebührend Abschied zu nehmen. Lotte und ihre Nachbarin waren die Ältesten.

Es war beängstigend ruhig in der Kirche, bis auf die Schritte der Eintretenden, die über den alten Sandsteinboden scharrten.

Der Sarg verschwand fast unter seinem Blumenschmuck. Rechts und links von ihm hielten vier Chargierte die Totenwache. Mit ihren bunten Uniformen, den

Schärpen und blanken Säbeln bildeten sie den einzigen Farbtupfer unter all den schwarz Gekleideten.

Lotte spürte, wie ihre ältere Nachbarin sie musterte. Ihre Blicke trafen sich, Lotte lächelte freundlich-unverbindlich und sah wieder geradeaus. Die Nachbarin rutschte ein Stück auf der schmalen Holzbank heran, faßte Lotte am Ärmel und zischte:

„Ich hob nebn die Wohlmann gwohnt. Und Sie, sin Sie verwandt?"

Lotte schüttelte den Kopf:

„Ich kenne seine Großmutter aus dem Stift. Wir wohnen beide da."

Die Korpulente nickte interessiert, ihr Busen wogte unter der Trauerkleidung, und sie kam noch etwas näher:

„Wie gehts nacha der altn Wohlmänni?"

„Sie meinen der alten Frau Wohlmann? Ich weiß nicht, ich fürchte, schlecht. Das muß ein großer Schock für sie gewesen sein, daß ihr Enkel tot ist. Es ist nicht gut, wenn die Jungen vor den Alten sterben."

Die beleibte Nachbarin wiegte den grauen Dauerwellenkopf. „Ts, ts, ts ... Wissner Sie was über ihn do?", das Kinn zeigte Richtung Sarg.

Lotte schüttelte den Kopf.

„Ich kenne ihn eigentlich gar nicht. Ich war nur zufällig dabei, als man ihn gefunden hat."

Die Nachbarin war beglückt:

„Ja gengas zuu. Ach gooooor?", und forderte Lotte zum Erzählen auf.

Lotte flüsterte in kurzen Sätzen, was sie gesehen hatte, die Nachbarin nickte anerkennend mit dem grauen Dauerwellenkopf und schloß Lottes Bericht mit einem inbrünstigen „Alllmächd na, des is fei a Woooar".

Derweil verteilte die Mesnerin die Gesangbücher. Die kleine Kirche war fast voll. Um nun auch ihrerseits einen

Beitrag zu den Ereignissen zu liefern, informierte die Nachbarin Lotte über die wichtigsten Trauergäste.

„Des do vorn is die Schwesta, do danebn is ihr Moo und des ältste von denna ihre Kinder."

Lotte sah nichts hinter all den Menschenköpfen.

Dann begann die Totenglocke zu läuten. In der Kirche wurde es eisig still. So ein junger Mann lag da vorne unter dem Sargdeckel. Dachte man mit Liebe, Trauer, Wut, Gleichgültigkeit, Geringschätzung an ihn? Die Orgel setzte ein, ein Priester trat aus der Sakristei, gefolgt von zwei Ministranten, die ein Kreuz trugen. Der Mann im Ornat begrüßte die liebe Trauergemeinde und bat Gott um Kraft im Abschied von unserem lieben Verstorbenen. Dann ertönte das Largo von Händel, ein Wunsch der nächsten Angehörigen des Toten, seiner Schwester Monika.

Lotte haßte dieses Stück, denn trotz seiner Abgedroschenheit mußte sie jedesmal weinen. Wieder sah sie den tropfenden Pferdeschwanz vor sich. Aus der ersten Reihe vernahm die Trauergemeinde lautes Schluchzen.

Der Priester begann seine Predigt mit den Worten, daß es Gottes unerforschlicher Ratschluß gewesen sei, den Verstorbenen in der Blüte seiner Jahre aus unserer Mitte zu reißen. Das alles durch einen tragischen Unglücksfall, der uns gebiete, innezuhalten und an die Vergänglichkeit allen irdischen Sinnens und Trachtens zu denken. Er schien den jungen Mann nicht gekannt zu haben, denn seine Worte blieben allgemein. Schließlich schloß er mit den Worten:

„Und so bitten wir denn den Allmächtigen, er möge uns verzeihen, wenn wir dem Verstorbenen ein Leid zugefügt haben, und der Herr möge dem Verstorbenen verzeihen, wenn er einem unter uns ein Leid zugefügt hat. Und so nehmen wir denn in Frieden Abschied von Robert Wohlmann." Das Schluchzen setzte wieder ein.

Als der Priester in seinem abschließenden Gebet dem

Herrn denjenigen empfahl, der „als nächster aus unserer Mitte abberufen werde“, schielte Lotte zu ihrer Nachbarin. Das würde wohl – wenn es mit rechten Dingen und dem Alter nach zuging – eine von ihnen beiden sein. Obwohl man sich im allgemeinen ja schon vorsah und den Unwägbarkeiten des Lebens durch vorsichtiges Handeln zu trotzen versuchte.

Schließlich erhob sich die Gemeinde, um den Verstorbenen zur letzten Ruhe zu betten. Die beiden Ministranten schritten mit Weihrauchfaß und Kreuz voraus, gefolgt vom Priester und den vier Chargierten, die den schwankenden, blumengeschmückten Sarg trugen. Die Trauergemeinde verfolgte stehend den Ausmarsch des Leichenzuges und blickte den Hauptleidtragenden, die dem Sarg folgten, mit kaum verhohlener Neugier ins Gesicht. Monika Schoberts Gesicht war verweint, ihr Mann wirkte gefaßter, das Kind gab als einziges den neugierigen Blick der Trauergäste zurück.

Lotte und ihre beleibte Nachbarin schlossen sich als letzte dem Zug an, der sich nun sehr langsam zur Grabstätte in Bewegung setzte. Wärme und frische Luft taten gut.

„Ich kann diesen Weihrauchgeruch einfach nicht ausstehen.“

Da brach die alte ostpreußische Protestantin durch.

„Wieso war er eigentlich katholisch? Seine Großmutter ist doch evangelisch?“

„Allmächt na, des is der so a Gschicht.“

Die Nachbarin schnaubte. Endlich konnte sie ihrem Mitteilungsdrang ungehinderten Lauf lassen, bemühte sich jedoch, ihre Stimme dem traurigen Anlaß angemessen zu dämpfen. Sie faßte Lotte am Arm und beugte sich zu ihr herüber.

„Ich kenn den Roberdd ja scho wie err a klaner Buu woo.“

Wie gesagt, sie sei die Nachbarin. Und dann rückte sie mit der ganzen skandalösen Wahrheit heraus. Natürlich war Robert, wie die ganze Familie, evangelisch. Seine Konfirmation war gerade herum, mit Geschenken und einer schönen Feier, hatte alles eine Menge Geld gekostet, da kam er heim und erzählte, er wolle zum katholischen Glauben übertreten. Seine arme Mutter war fassungslos, konnte es sich nicht erklären, aber auch nicht verhindern, da er mit vierzehn Jahren selbst entscheiden durfte. Auf ihr ständiges, bohrendes Fragen hatte er nur gesagt, die Katholiken „hätten einfach die bessere Show".

Erst ein paar Monate nach seinem Übertritt kam der wirkliche Grund ans Tageslicht, den die Nachbarin unter vielen „Allmächts" bereit war, Lotte preiszugeben.

Er hatte sich in eine Siebzehnjährige verknallt, die als Ministrantin in der nahen katholischen Kirche Dienst tat. Sie war der wahre Grund für den Religionswechsel und auch dafür, daß er bald selbst den Ministrantendienst versah. Schließlich erwischte man die beiden in der Sakristei beim, ja nun, das wußte keiner so genau, aber man konnte es sich ja vorstellen. Jedenfalls flogen beide raus, und Roberts Interesse am katholischen Glauben war dahin.

„Und dodamid hat des oogfanga", fuhr die Nachbarin fort, während sie über die Kieswege dem Trauerzug folgten, „diese ewigen Weibergschichtn." Sie schüttelte indigniert den Dauerwellenkopf. „Was dem sei arme Mudder midgmachd had!"

„Ja, hat er denn noch zu Hause gewohnt?"

„Naaah, scho lang nimmer. Der is glei nach'm Abbidur fodd. Die ham doch bloos noch gschdriddn."

Also sei der Robert erst in ein Studentenwohnheim gezogen und dann in die Burschenschaft eingetreten – wahrscheinlich weil er dann umsonst auf dem Haus wohnen konnte. Das habe ihm aber auch nicht gepaßt – zu viele Regeln und Kontrolle –, er habe sich eine kleine Wohnung genommen. Von was er die bezahlt habe? Die Korpulente lächelte beziehungsreich. Von den Eltern habe er kein Geld dafür bekommen. Der Vater habe immer zu ihr gesagt: „Der Roberdd kann auch zu Hause wohnen." Vielleicht Gelegenheitsjobs? Vielleicht habe aber auch – sie senkte die Stimme verschwörerisch – die eine oder andere Dame etwas beigesteuert? Der „Roberdd" habe ja immer schon einen Hang zu älteren Frauen gehabt. Seine arme Mutter habe ihm jedenfalls aber immer noch seine Wäsche gewaschen, und manchmal sei sie zum Fensterputzen gekommen, wegen der Leute, bis Roberts Eltern vor zwei Jahren bei einem Autounfall ums Leben kamen.

„Ein bißchen viel Unfälle in einer Familie", dachte Lotte.

„Und die Frauen?" erkundigte sie sich. „Mit wem ist er jetzt zusammen?"

Hier mußte die korpulente Dauergewellte leider passen. Sie gestand, daß sie Robert nicht mehr gesehen hatte, seit die Eltern Wohlmann, ihre Nachbarn, tot waren.

Die beiden Damen merkten erst an dieser Stelle ihrer Unterhaltung, daß sie nicht die letzten im Leichenzug waren. Hinter ihnen knirschten Schritte. Beide drehten sich gleichzeitig um, und Lotte erkannte sofort den Kommissar, der kurz freundlich nickte und an seinem Schnurrbart zog. Was suchte er hier? Glaubte er nicht an einen Unfall? Glaubte sie, Lotte, denn daran?

Die Spitze des Leichenzuges war inzwischen am offenen Grab angekommen und nahm dort Aufstellung. Zum ersten Mal sah Lotte die Schwester des Toten genauer. Eine junge, verweinte Frau im dreiviertellangen Kostüm, mit flachen Schuhen und kurzen braunen Haaren. Ein unauffälliger Typ, aber wer sah an so einem Tag schon besonders attraktiv aus? Lotte kannte sie von den Fotographien, die

Käthe Wohlmann ihr oft mit Stolz beim Friseur gezeigt hatte. Ihr Mann, den sie ebenfalls wiedererkannte, stand aufrecht, korrekt und männlich-gefaßt daneben. Das Kind zappelte, zog an der Hand des Vaters und lugte in die Grube, ohne recht zu verstehen, was da vor sich ging.

Einer der Burschenschaftler räusperte sich, trat vor und begann:

„Verehrte Trauergäste, liebe Familie. Wir stehen hier am Grabe und haben die schmerzliche Freundespflicht zu erfüllen, von unserem lieben Bundesbruder Abschied zu nehmen. Viele Jahre einer treuen Freundschaft haben uns verbunden. So manche frohe und unbeschwerte Stunde haben wir bei einem Glase Wein miteinander verbracht."

Der Redner gedachte der liebenswerten Eigenschaften des Toten, seiner Spontaneität, Kontaktfreudigkeit und Lebenslust, seiner Verdienste um die Burschenschaft, des plötzlichen Todes. Er erinnerte daran, daß man erst vor wenigen Tagen in froher Runde bei einem guten Tropfen zusammengesessen habe, und schloß, während er die bunte Mütze an die Brust preßte, mit einem Gedicht, das er mit bebender Stimme vortrug:

„Du herrlich Glas, nun stehst du leer,
Glas, das er oft mit Lust gehoben,
Die Spinne hat rings um dich her
Indes den düstern Flor gewoben.
Jetzt sollst du mir gefüllet sein
Mondhell mit Gold der deutschen Reben!
In deiner Tiefe heil'gen Schein
Schau ich hinab mit frommem Beben.
Still geht der Mond das Tal entlang,
Ernst tönt die mitternächt'ge Stunde
Leer steht das Glas, der heil'ge Klang
Tönt noch in dem kristallnen Grunde."

Die Trauergemeinde verharrte stumm, ergriffen und ratlos. Was hatte ihnen der Redner damit sagen wollen? Die Musik, die Gebete und Reden, der Weihrauch und die Lyrik hatten einen dichten Nebel aus wohliger Melancholie um die Köpfe gelegt, der das Denken schwermachte.

Schließlich traten die Totengräber vor und ließen den Sarg langsam in die Grube hinab. Die Chargierten rafften sich auf und zogen die Säbel zum letzten Salut.

Lotte mußte weinen. Auch das kleine Mädchen begann nun laut zu schluchzen. Onkel Robby war tot. Irgendwie war er anders gewesen als die anderen Erwachsenen. Lustiger. Er hatte tolle Schlachten mit der Wasserspritzpistole mit ihnen gemacht. Einmal hatte er ihnen geholfen, sich die Haare heimlich rot zu färben, weil sie und ihre kleine Schwester aussehen wollten wie Pippi Langstrumpf und Pumuckl. Papa hatte einen Tobsuchtsanfall gekriegt. Onkel Robby hatte ihnen gezeigt, wie man brennende Streichhölzer in die Ösen der Turnschuhe steckt und so ins dunkle Schlafzimmer der Eltern marschiert, wie man Froschlaich in Papas Aquarium ausbrüten kann und so vieles mehr. Das Leben war langweilig ohne ihn. Das Kind weinte hemmungslos.

Nacheinander traten die Trauergäste an das Grab zum letzten Gruß. Eine langbeinige junge Frau mit Sonnenbrille warf eine Rose hinein. Lotte war die letzte in der langen Reihe. Mit einem „Plopp“ traf die Erdscholle, die sie mit dem Schäufelchen hinunterwarf, auf dem Sarg auf. Sie kondolierte der Schwester des Toten und nahm sie dann, einem plötzlichen Impuls folgend, in den Arm.

„Es tut mir so, so le-i-j-d.“

Dann fiel ihr ein, daß die Enkelin von Käthe Wohlmann sie gar nicht kannte, und fügte hinzu:

„Ich heiße Askole-i-j-t. Ich kenne Ihre Großmutter gut. Wir gehen immer zusammen zum Friseur. Ich wohne auch im Stift und war dabei, als man Robert gefunden hat. Wenn ich Ihnen irgendwie helfen kann ..."

Ehe die junge Frau etwas erwidern konnte, trat ihr Ehemann hinzu und mahnte zum Aufbruch, die Trauergäste seien alle schon auf dem Weg zum Leichenbegängnis. Lotte wandte sich zum Gehen. Der Kommissar war schon weg. Die Trauergäste strebten dem Ausgang zu, zum Leichenschmaus, zur Bergkirchweih, den Kloß im Hals hinunterspülen.

VI

Ein Trupp euphorischer Bergbesucher überquerte unmittelbar vor dem fähnchengeschmückten Bus die Straße. Die Bremsen des Busses, in den Lotte nach der Beerdigung gestiegen war, jaulten auf. Lotte Askoleit, die in dem von Bergbesuchern übervollen Bus keinen Sitzplatz gefunden hatte (und niemand war ihretwegen aufgestanden), verlor den Halt. Ihr schwarzer Stock quietschte über den Gummiboden, die Knie knickten ein, mit der Hand krachte sie gegen eine Haltestange und rutschte ab, im letzten Moment griff irgend jemand nach ihrem Arm und fing sie auf. Gelähmt vor Schrecken, mit zitternden Knien versuchte sie sich zu bedanken: „Ne-i-j-n, ne-i-j-n, nichts passiert ... Wirklich, es geht schon wieder. Ich bin nur e-i-j-n bißchen erschrocken. Vielen Dank ... Nur raus hier!" Noch auf der Straße jagte ihr Herz, das Handgelenk schmerzte.

„Sind Sie sicher, daß Sie sich nicht weh getan haben? Brauchen Sie Hilfe?"

Ein junges Mädchen sprach sie an. Es war hinter Lotte aus dem Bus gestiegen. Woher kannte Lotte sie? Langsam fügten sich wieder die Gedanken. Richtig, von der Beerdigung. Das Mädchen hatte eine Rose ins Grab geworfen. Beide standen sie nun auf der neuen Brücke, die die Schwabach ein Stück flußaufwärts von der Fundstelle überquerte, während der Bus weiterfuhr.

„Ich danke Ihnen. Das ist wirklich sehr aufmerksam. Aber ich glaube, es geht schon. Es ist mehr der Schrecken, und das Handgelenk tut mir weh. Man wird so ungeschickt im Alter. So schlimm ist das nicht ... Aber sagen Sie, verzeihen Sie, wenn ich das frage, haben wir uns nicht gerade eben auf der Beerdigung von Herrn Wohlmann gesehen?" fragte Lotte.

Das Mädchen strich sich die Haare aus dem Gesicht, hob zweifelnd die Schultern und meinte dann tonlos:

„Ach, Sie waren auch da? Tut mir leid, ich war so durch den Wind ... ich weiß auch nicht ... ich habe gar nichts mitbekommen."

Der größte Teil ihres schmalen Gesichtes verschwand hinter einer schwarzen Sonnenbrille. Beide Frauen standen unschlüssig. Lotte wäre normalerweise ein paar Stationen weiter gefahren, hätte der Busfahrer nicht so abrupt gebremst, wäre sie nicht in Panik einfach ausgestiegen. Nun waren sie beide an dem Fluß, in dem Robert Wohlmann ertrunken war.

Unwillkürlich schlugen beide die gleiche Richtung ein, den Fußweg, der am Wasser entlangführte. Dorthin, wo der junge Mann, den man eben beerdigt hatte, irgendwo zu Tode gekommen war.

Lotte bezweifelte, daß das junge Mädchen großen Wert auf die Gesellschaft einer fremden alten Frau legte, aber die Neugier (Nein! Es ist keine Neugier, sagte sie sich, man kann diese schreckliche Sache doch nicht einfach auf sich beruhen lassen. Er war noch viel zu jung ...), die Neugier oder was auch immer ließ sie ihr Taktgefühl vergessen, und sie beschloß, wie selbstverständlich neben dem Mädchen herzugehen. Es war hochgewachsen („Beine wie ein Fohlen", dachte Lotte) und lief trotz der dicken, schwarzen Plateausohlen so rasch, daß man ihm kaum folgen konnte.

„Haben Sie mit Robert zusammen studiert?"

Ein unwilliges Kopfschütteln.

„Kennen Sie ihn schon lange?"

Wieder ein Kopfschütteln.

„Haben Sie ihn gerne gehabt?"

Das Mädchen blieb abrupt stehen. Sie sah Lotte ins Gesicht. Ihre dunkle Sonnenbrille verbarg die Augen.

„Das habe ich", stieß sie heraus. Langsam tropfte es unter den schwarzen Rändern ihrer Brille hervor. „Sehr sogar."

Eine Gruppe von Bergbesuchern überholte sie lärmend.

„Wollen wir uns hier auf die Bank setzen, und Sie erzählen mir ein bißchen von ihm? Ich kenne seine Großmutter gut und war dabei, als man ihn tot aufgefunden hat. Er hat mir so leid getan. Er war noch so jung."

Es tropfte stärker unter der Brille hervor. Lotte kramte nach ihrem spitzenumhäkelten Stofftaschentuch.

Sie saßen auf der Bank, das Mädchen schwieg immer noch, schniefte nur ab und zu. Ein junger Radfahrer, der den Weg entlangradelte, pfiff leise durch die Zähne in ihre Richtung. Sie kickte mit ihren schweren Plateausohlen einen Stein hinter ihm her und stieß hervor:

„Ich habe ihn geliebt. Wir wollten zusammenbleiben."

Die Tränen begannen wieder zu rinnen. Sie rupfte eine Löwenzahnblüte zu ihren Füßen ab und begann, langsam ein Blatt nach dem anderen abzureißen.

„Wissen Sie, ich arbeite in der Stadtbücherei. Ich wollte ja unbedingt Bibliothekarin werden, aber eigentlich ist es eine stinklangweilige Arbeit. Katalogisieren, Signaturen überprüfen, sich mit Leuten ärgern, die Wasser über die Bücher geschüttet haben und es hinterher nicht waren. Ich habe mir das anders vorgestellt.

Naja, und dann habe ich eines Tages Robby kennengelernt. Er kam gegen Abend in die Bücherei, kurz bevor wir schließen. Erzählte mir, ich müßte ihm das Leben retten, er hätte morgen einen Vortrag im Hauptseminar zu halten und überhaupt keinen blassen Schimmer von dem Thema. Ob wir hier Bücher über die ‚Grab- und Hortsitten Nordskandinaviens in der Latène-Zeit' hätten. Es war wirklich ziemlich abwegig."

„Was hat er denn um Gottes willen studiert?" erkundigte sich Lotte.

„Germanistik und Finnougristik."

„Was ist denn das?" versetzte Lotte verständnislos.

„Das ist die Wissenschaft, die sich mit den finno-ugrischen Völkern beschäftigt. Das sind über zwanzig Millionen Menschen. Die leben in Finnland, Teilen von Schweden, in Sibirien und Ungarn."

„Zwanzig Millionen? Ich hatte ja keine Ahnung." Lotte war ehrlich überrascht. „Wie ist er denn da draufgekommen?"

„Naja", nuschelte das Mädchen, „davor hat er Soziologie und Pädagogik studiert, aber das hat ihm nicht so gefallen. Und dann hat er wohl vor Jahren eine Zeitlang ein finnisches Au-pair-Mädchen als Freundin gehabt. Deshalb."

„Ja dann", murmelte Lotte ratlos.

„Naja", das Mädchen wurde wieder munterer, „schließlich habe ich aber was gefunden. Er hat sich die Einleitung und die Zusammenfassung aus dem Buch kopiert und gemeint, damit käme er schon durch. Zum Dank wollte er mich zum Abendessen einladen. Eigentlich habe ich ja dienstags immer Chorprobe, aber er meinte, notfalls könne er mir ja etwas vorsingen. Ich dachte natürlich, wir gehen in die nächstbeste Pizzeria, dabei fuhren wir mit seinem alten VW Cabrio Richtung Nürnberg in ein total vornehmes Lokal, so mit silbernen Platztellern, befrackten Obern und Champagner. Es war ein furchtbar lustiger Abend. Wir haben uns über den Ober fast schiefgelacht, weil er immer so sauer nach uns geguckt hat. Er hat sich aber am Schluß an uns gerächt, indem er behauptet hat, Robbys Kreditkarte sei gesperrt. Gott sei Dank hatte ich noch Geld dabei."

Weil Lotte Askoleit so zweifelnd zu ihr herübersah, beeilte sie sich hinzuzufügen:

„Nein, nein, er hat mir alles am nächsten Tag zurückgezahlt. Wir haben jede Menge Spaß miteinander gehabt, haben uns nachts im Hallenbad einschließen lassen und alleine gebadet, lauter so verrückte Sachen. Und jetzt plötzlich ..." Es tropfte wieder. „Übernächsten Monat hätte er Geburtstag gehabt. Ich wollte ihm eine Woche Urlaub in Südspanien schenken. Er hat dort nämlich vorletztes Jahr in einem Club als Animateur gearbeitet. Damals hat er sich den Pferdeschwanz wachsen lassen. Toll, nicht? Aber das ist eine harte Arbeit. Sie können sich das vielleicht nicht vorstellen."

Nein, das konnte Lotte beim besten Willen nicht.

„Man muß immer gut drauf sein, die Gäste unterhalten, man hat keinen freien Tag. Er hat immer gesagt, Anja-Maus, da fahren wir mal hin, dann müssen die anderen die Faxen für uns machen. Aber das wird ja nun nichts mehr."

Sie begann erneut zu weinen.

Wieder strebte eine Gruppe Bergbesucher an ihnen vorbei. „Hobb, schickt eich, mir missen um fimfa am Erichkella sei", dröhnte der eine.

„An Schmarrn, mir treffn uns doch am Steinbach", gab ein anderer zurück.

Das Mädchen war schon dabei, die vierte Löwenzahnblüte zu zerlegen. So ausgeprägt schien Robert Wohlmanns Hang zu älteren Frauen doch nicht zu sein, dachte Lotte. Diese hochgewachsene Anja mit der dicken Sonnenbrille und dem kleinen, verweinten Gesicht war höchstens Anfang zwanzig.

„Dann ist das herrliche Rosenbukett sicher auch von Ihnen gewesen, nicht wahr?"

Anja schluchzte laut auf, wischte sich mit dem Ärmel über die nassen Wangen, stand mit einem Ruck auf, drückte die Schultern durch, zertrat rabiat mit ihrem Plateauabsatz die Reste der Löwenzahnblüte und preßte, halb schon im Gehen, zwischen den Zähnen hervor:

„Nein, das ist es nicht!“

Damit hatte Lotte nicht gerechnet.

„Ja aber von wem ist es denn dann?“ rief sie verblüfft von ihrer Parkbank hinter dem Mädchen her. Anja war schon ein gutes Stück weit weggelaufen, mit schnellen, großen Schritten auf den unbequemen Plateausohlen am Fluß entlang. Sie blieb kurz stehen, drehte sich für einen Augenblick nach Lotte um und stieß hervor, während die Tränen unter der Sonnenbrille hervorrollten:

„Mensch, das weiß ich doch nicht!“, und rannte davon.

Lotte blieb verblüfft und alleine auf ihrer Bank, rundum zerrissene Löwenzahnblüten. Das Handgelenk tat ihr wieder weh, vor sich sah sie die trübe Schwabach, die Robert Wohlmann vor wenigen Tagen mitgerissen hatte ...

Erwartungsfrohe Bergbesucher strebten in immer dichteren Abständen zu Fuß oder auf dem Fahrrad an ihr vorbei. Irgend etwas war ihr gerade durch den Kopf geschossen. Was hatte der eine Mann gesagt? Es war nur ein Fetzen gewesen, und der Gedanke war schon wieder fort, ehe sie ihn festhalten konnte. Ich verkalke, ich verkalke, was war es nur? Erichkeller – EK, das heutige Datum, der Zettel! Wo war der Zettel? Sie wühlte in ihrer Tasche. Aspirintablette. Wohnungsschlüssel. Regenhaube. Portemonnaie. Da endlich. Der zerknitterte Zettel, den ihr Jürgen im Café gegeben hatte. Das heutige Datum, der 20. Mai, zwanzig Uhr EK. Heute war Bierprobe, ganz Erlangen war auf dem Weg zur Kerwa. Wo sonst hätte Robert Wohlmann sich an diesem Tag mit jemandem treffen können? EK – das m u ß t e der Erichkeller sein. Lotte überlegte fieberhaft, stand auf, so schnell sie konnte, beachtete ihr Handgelenk nicht, nahm den Stock fester und hatte nur einen Gedanken: Wo konnte sie ihren Neffen so schnell wie möglich erreichen?

Als sie zu Hause die Tür zum Appartement aufschloß, schrillte das Telefon.

„Hallo, Lotte", es war die resolute Mathilde. Im Hintergrund krakeelte es, ihre Stimme wirkte gehetzt.

„Sei froh, daß du keine Enkel hast. Ich wollte dir nur schnell sagen, dein Robert Wohlmann (wieso „mein"? dachte Lotte) ist ein sauberer Bursche. Horst – das war ihr Sohn – hat doch durch den Laden gute Beziehungen zur Brauerei. Der Robert hat letztes Jahr auf der Kerwa gearbeitet ... Kinder, laßt die Katze in Ruhe, sonst nehme ich euch euer Kerwageld wieder weg ... Also er hat da als Kellner gearbeitet, und es ist Geld verschwunden, ganz schön viel Geld. Um die sechstausend Mark. Ist ja ein Riesen-Trubel immer, und man hat ihm nichts nachweisen können, aber man hat ihn sofort rausgeschmissen."

Im Hintergrund begann ein Kind zu kreischen, Mathilde warf grußlos den Hörer auf die Gabel.

Langsam, dachte Lotte, wird mir klar, warum Frau Wohlmann nicht gerne von ihrem Enkel sprach.

Nach kurzem Zögern hob sie entschlossen den Hörer wieder ab und wählte die Kliniknummer.

„Nein, Frau Askoleit, Herr Dr. Kallfels ist jetzt unmöglich zu sprechen. Ich habe Feierabend, und der Herr Doktor hat zu tun." Die Stimme war eisig.

Auch der übliche Hinweis, daß sie die Tante sei, schien diesmal nichts zu fruchten. Aber schließlich hatte sie ihren Neffen, den Oberarzt, doch am Apparat. Er war unwirsch wie selten.

„Ich bitte dich, Tante, es geht jetzt wirklich nicht. E i n m a l im Jahr will auch ich hier pünktlich raus – und wir haben hier das absolute Narrenhaus. Wirklich, ich bin in Eile."

„Wieso in Eile? Du machst doch dauernd Überstunden. Was drängt dich denn heute so? Sag bloß, du willst auch zur Bierprobe?" fragte Lotte.

„Ja was denkst du, wo ich sonst hin will? Das habe ich in den letzten dreißig Jahren noch kein einziges Mal verpaßt. Das gehört zu den wenigen Dingen im Jahr, wo ich auch mal dabeisein möchte. Alte Freunde treffen, in Ruhe ein Bierchen trinken ... Ich flehe dich an, Tante Lotte, mach es kurz. Sonst kommt der nächste und will etwas von mir."

„Jürgen, du weißt, ich bitte dich sonst nie um was. (Hatte sie das nicht neulich erst gesagt?) Erinnerst du dich an den Zettel, den man bei dem toten Robert Wohlmann gefunden hat?"

Sie hörte, wie Dr. Kallfels jemanden anbellte, der offensichtlich unvorsichtigerweise die Nase zur Türe hereinsteckte:

„Nein verdammt noch mal! Ich bin schon weg. Geben Sie den Befund in drei Teufels Namen dem Dienstarzt. Wozu haben wir so was?! Ich habe seit einer Stunde Feierabend!"

„Jürgen, hörst du mich noch?"

Jürgen knurrte böse.

„Er, du weißt schon, Robert Wohlmann wollte sich heute abend mit jemandem treffen. Du erinnerst dich doch an diesen Zettel?"

Jürgen reagierte nicht, doch Lotte ließ sich nicht beirren:

„Den du mir gegeben hast. Da steht das heutige Datum. Zwanzig Uhr. Und dann ein ‚E' und ein ‚K'. Ich bin mir sicher, damit ist der Erichkeller gemeint. Was meinst du?"

Dr. Kallfels hatte inzwischen den Hörer zwischen Ohr und Schulter geklemmt, seinen Arztkittel ausgezogen und fischte nach seinen Straßenschuhen.

„Kann sein, kann nicht sein. Vielleicht ist es auch der Entlas-Keller. Vielleicht heißt EK auch Edelgard Kalutzkowski oder Emilie Kurzhals. Tante Lotte, sei so gut, das hat doch keinen Sinn."

„Aber Jürgen, du mußt doch zugeben, an einem Tag wie heute, an der Bierprobe, wo jeder auf dem Weg zum Berg ist, da ist es doch mehr als wahrscheinlich, daß sich auch Robert dort und nicht sonstwo verabredet hat."

Dr. Kallfels war das wirklich völlig egal. Er war nach einem harten Arbeitstag mit den Nerven am Ende und hatte nur einen Wunsch – raus hier! Durch das offene Fenster des Arztzimmers wabberten Fetzen von Blasmusik herein. Das erste Faß war längst angestochen. Er wollte bloß weg hier. Und so versprach er seiner alten Tante, er werde sich „heute abend an den Kellern ein bißchen umsehen nach dem Typen, mit dem sich der Wohlmann verabredet hat", warf den Telefonhörer auf die Gabel und verließ fluchtartig die Klinik.

VII

Bis Dr. Jürgen Kallfels zu Hause war, hatte sich sein Gemütszustand wieder beruhigt. Pfeifend zog er seine älteste Hose an, streifte einen weiten Pulli darüber und befestigte sicherheitshalber noch den zusammengefalteten K-Way am Hosenbund. So ging er schon seit dreißig Jahren auf die Bergkirchweih. Nichts hatte sich daran geändert – höchstens die Hosenweite. Er kramte seine alten Turnschuhe aus dem Regal – die letzte Reminiszenz an jene Zeiten, als ihm sowohl sein Gewicht als auch seine Arbeitsbelastung in der Klinik noch erlaubt hatten, Sport zu treiben.

Jutta war ein liebes Mädchen, aber sie war nicht bergtauglich. Sie machte sich nichts aus diesen volkstümlichen Vergnügungen. Die Zwillinge waren beide sauer und hockten auf ihren Zimmern, weil man ihnen trotz mehrtägigen Quengelns nicht erlaubt hatte, abends zur Bierprobe zu gehen, obwohl „alle durften".

Dann schleppte er sein Fahrrad aus dem Keller. Es war das älteste in der Familie. Die Zwillinge hatten selbstverständlich neue Mountainbikes, und Jutta hatte letztes Jahr erklärt, mit ihrer „alten Gurke" könne sie sich nirgends mehr sehen lassen, und sich – ohne seinen fachmännischen Rat in Anspruch zu nehmen – ein Einundzwanzig-Gang-Rad mit Grip-Shift gekauft.

Jürgen Kallfels trat in die Pedale. Die Klinik konnte ihm gestohlen bleiben. Er fühlte sich jung, das Leben war schön. Er würde ein paar alte Kumpels treffen, ein, zwei Maß Bier trinken, es mußte ja kein Besäufnis werden. Es roch nach Gras, nach Frühling. Wenn der Wind günstig stand, konnte man hier schon die Musik hören, einen Hauch von Bratwurstduft ahnen. Ja, so war es.

Der Pulk von Radfahrern um ihn wurde dichter, alle in Turnschuhen, alle bester Stimmung. Mit Mühe brachte er seine alte Mühle noch auf dem Fahrradparkplatz an der Schwabach unter. Nun war er fast schon am Ziel seiner Wünsche.

Der Berg schwirrte, brummte, dröhnte und spuckte bereits die ersten Opfer aus: ältere Männer, geleitet von ihren Gattinnen, die – je nach Temperament – schimpfend, besorgt oder mit verbissenem Schweigen bemüht waren, ihre schwankenden Ehemänner möglichst unauffällig nach Hause zu dirigieren. Halbwüchsige, die die Schlagkraft des Bergbieres unterschätzt hatten und bleichgesichtig nach ihrem Fahrradschlüssel kramten. Schreiende Kleinkinder auf Väterschultern, die dem Überangebot an kreisenden Kettenkarussells, hupenden Feuerwehrautos und klebrigen Süßigkeiten nicht mehr gewachsen waren. Ältere Frauen mit Brotzeitkörben, die die Flucht ergriffen, bevor der Hauptansturm an Trinkwilligen den Berg überrollte.

Pünktlich um siebzehn Uhr hatte der jugendliche Oberbürgermeister mit ein paar routinierten Schlägen das erste Faß angestochen. Kurzfristig hatte es für Verwunderung unter den Festgästen gesorgt, daß er zunächst mit einem Fahrradhelm auf dem Kopf an das Faß getreten war. Ein wohlmeinender Parteifreund machte ihn jedoch auf das kleine Versehen aufmerksam. Das Stadtoberhaupt händigte darauf seinen Helm einer der zahlreich anwesenden dirndl-bekleideten Stadträtinnen aus, um dann unter den Augen des erwartungsfrohen Publikums endlich das Faß anzustechen.

Die Parteiprominenz reckte ihre Hälse und Maßkrüge den Fotographen entgegen und demonstrierte, daß sie auch in schwierigen Zeiten mit dem kleinen Mann fühlte und dachte. Johlende Jugendliche balgten sich wie jedes Jahr um die erste Maß Freibier. Die Festwirte hofften, daß das schöne Wetter anhielt und den ersten Litern noch weitere sechstausend Hektoliter Bier folgen würden.

Kreischende Jungfrauen klammerten sich in rotierenden, sich überschlagenden Superkarussells in die Sitze. Markige Jungmänner bewiesen ihrer Liebsten ihre Treffsicherheit an den Schießständen. Gebetsmühlenartig forderten die Losverkäufer die Festbesucher dazu auf, ihr großes Glück zu machen, winke doch dieses Jahr der riesengroße, himmelblaue Schlumpi-Wusel-Bär aus der Fernsehsendung als Hauptgewinn.

Die Brathähnchen drehten sich braungebrannt im Kreis. Ochse Felix, den der Berg das Leben gekostet hatte, sah schon angenagt aus. Der hungrige Besucher hatte die Qual der Wahl zwischen Pizza, „Drei in an Weggla“, Radi und Emmentaler sowie indonesischer Reispfanne. Sanitäter der Rettungswache machten Brotzeit und warteten auf die ersten Opfer. Die Kapellen legten sich ins Zeug und schmetterten um die Wette, eine wüste Mischung aus „Rudi, Rudi, noch einmal“, „Warum ist es am Rhein so schön?“, „Eviva Espana“ und „Ein Prosit, ein Prosit der Gemütlichkeit“. In den Zelten stand die Luft, den Kellnerinnen lief der Schweiß.

Jürgen Kallfels tauchte ein ins Gewühl. Als erstes besorgte er sich an einem der Stände ein Schaschlik. Die rote Soße tropfte erst auf seinen Pullover, dann aufs Hosenbein. Es schmeckte herrlich. Keiner war da, der meckerte, daß das Fleisch zu fett und das Stück Toastbrot wie ein Schwamm sei.

Die lange Straße mit den Fahrgeschäften interessierte ihn nicht. Da war er das letzte Mal notgedrungen gewesen, als die Zwillinge klein waren. Er bog nach links, zu den

Kellern. Das Schaschlik hatte Durst gemacht. Er beschloß, sich schon mal ein Bier zu gönnen. Der erste Schluck – kühl, ein wenig süßlich und mit diesem herrlichen Schaum! Das Leben war schön.

Er schlenderte langsam mit dem Maßkrug in der Hand zum Erichkeller, ihrem alten Treffpunkt schon seit Schulzeiten. Außerdem hatte er in einem Anfall von Schwachsinn seiner Tante versprochen, nach dem großen Unbekannten Ausschau zu halten. Wie stellte sie sich das überhaupt vor? Er sah auf die Uhr – es war dreiviertel acht. Noch kein bekanntes Gesicht in der vorbeiwogenden Menge ...

Doch, klar, da hinten, das war doch der gute alte Manni! Manfred Groß, jetzt Kommissar und Leiter der Mordkommission, drehte sich gerade zur Kapelle hoch, wo das unvermeidliche Erlanger Künstler-Original versuchte, ein Trinklied zu dirigieren. Jürgen Kallfels haute seinem alten Kumpel auf die Schulter, daß dieser ein Stück in die Knie sackte, herumfuhr und voll Schreck an seinem Bart zog.

„Mensch, Manni, Schrecken der Unterwelt, hab' dich ja seit der letzten Kerwa nicht mehr gesehen! Wußte doch, daß du die Bierprobe nicht versäumst!"

Manni war ebenfalls entzückt. Der gute alte Jürgen! Hatte zwar etwas zugelegt, war aber sonst anscheinend noch ganz der Alte. „Und, immer noch an der Klinik, altes Haus?"

„Jaja, denke manchmal, ich habe den Absprung verpaßt. Ist eine verdammte Knochenmühle das da. Und du, bist du in Geschäften hier oder privat?"

Manni zog wieder an seinem Schnurrbart. „Na so halbhalb. Eigentlich privat, will mich aber 'n bißchen umschauen. Hab' diese Geschichte mit dem Toten aus der Schwabach am Hals. Was davon gehört?"

„Ähhhhh ... jaaa ... flüchtig. Und – tut sich was?"

„Nee nich viel. Scheint ein Windhund gewesen zu sein. Wollte sich scheint's heute abend hier irgendwo mit jemandem treffen. Schau ich mich halt nebenher ein bißchen um. Aber jetzt erst mal Prost!"

Die Maßkrüge krachten aneinander, daß das Bier aus den Krügen spritzte. Mit dem Ärmel wischten sich die beiden Herren den Schaum von der Oberlippe und vertieften sich in ein Gespräch über die guten alten Zeiten. Damals in der Volksschule. „Kannst du dich an die bucklige Lehrerin erinnern, die immer ‚Fräulein' genannt werden wollte? Hinten am Erlanger Weg, als der alte Kanal noch da war, da haben wir immer im Schleusenwärterhaus Kriminaler gespielt und heimlich Zigaretten geraucht. Und weißt du noch, wie wir nachmittags mit den frisierten Mopeds am Rathsberg durch den Wald geknattert sind? Gibt's eigentlich diesen verdammten Mathelehrer noch, wegen dem ich damals die Schule geschmissen habe und zur Polizei gegangen bin? War doch klasse damals die Zeltfahrt, wo wir zwei Wochen von Knoblauchwurst und Bier gelebt haben! Haben wir uns da eigentlich mal gewaschen? Mensch, waren das noch Zeiten! Darauf trinken wir noch einen!"

Manni spendierte die zweite Maß. Er und Jürgen fühlten sich locker und leicht. Niemand, der etwas von ihnen wollte. Keine Verantwortung, keine Tretmühle, keine Überstunden. Prost!

Um sie herum wurde es enger, die Menge schob und drückte, trieb sie manchmal ein paar Meter auseinander. Die Musik war so laut, daß man sich kaum noch unterhalten konnte. Aber was soll's – Männerfreundschaft braucht keine Worte. Prost! Bekannte kamen vorbei, man stieß miteinander an, lachte, klopfte sich auf die Schultern, traf neue Bekannte. Jürgen grüßte Patienten im Gewühl, winkte Klinikkollegen. Prost!

Jetzt war eigentlich erst mal ein Gang zum Klo fällig.

Jürgen und Manni machten sich in brüderlicher Eintracht auf den Weg. Es war saueng. Die Menge schob einen mit sich fort.

„Halt Manni. Wir nehmen erst mal einen Kurzen auf unser Wiedersehen. Prost du altes Haus! Noch zwei Bommis bitte.“ Die Schnapsbude lag so günstig auf dem Weg zum Klo.

Die Türen des Männerklos standen weit offen, es herrschte ein reges Kommen und Gehen. Urin- und Bratwurstgeruch mischten sich. Nebenan standen die Damen in langer Schlange vor dem Eingang, manche schauten schon recht verklemmt. „Da haben wir's besser, was Manni?“ Die rot gestrichene Wand mit der Rinne davor bot für jeden ein Plätzchen. „Nehmen wir noch einen Kurzen auf den Weg, daß das Bier nicht so trocken runtergeht?“

Die Stimmung am Erichkeller war inzwischen am Überkochen. In langen Schlangenlinien und Kreisen tanzte und hüpfte die Jugend. Die nächste Maß spendierte Jürgen. Prost, du altes Haus! Auf uns beide! Die Leute standen schon auf den Bänken und johlten im Chor „So ein Tag so wunderschön wie heute“ und dann noch „Die Krüge hoooooch“.

Eine Maß später standen Jürgen und Manni auch auf den Bänken und sangen und schunkelten mit. Mein Gott, war die Welt schön. Langsam begann sie sich zu drehen. „Auf und nieder, immer wieder“. Manni schwankte und drohte von der Bank zu stürzen, auf der sie alle standen. Jürgen gab ihm einen Schluck aus seiner Maß ab. Manni meinte, er müsse jetzt aber nach Hause, er habe morgen Frühdienst. Ach was. Ein Mäßla noch zu zweit. Prost, altes Haus! Manni stieg von der Bank auf den Tisch und dirigierte mit einer unbekannten Blondine das nächste Lied. Alles schunkelte, schwankte und johlte. Das Erlanger Künstler-Original, inzwischen auch schon blau, durfte das letzte Lied dirigieren. „Vor der Kaserne, vor dem großen Tor ..."

Die Menge grölte und forderte eine Zugabe. Na dann Prost! Manni und Jürgen mußten wieder aufs Klo. Sie versuchten sich gegenseitig Halt zu geben. Verdammt noch mal – ein, zwei Biere würde ein Mann doch wohl mal vertragen? Vielleicht noch ein Schnäpschen auf dem Weg zum Klo? Prost altes Haus! Nee, jetzt gehn wir dann aber auch heim. Höchstens noch einen kleinen Bommi. Na dann Prost!

Nun schwappte die große Woge vom Berg wieder in die Stadt zurück. Johlen, Trinklieder, Maßkrüge. Manni verabschiedete sich mit glasigem Blick.

Jürgen versuchte zu überlegen, wie er hergekommen war. Mit dem Bus? Zu Fuß? Mit dem Auto? Er tippte auf den Bus. Ihm war schlecht.

Die Stimmung im Bus war feuchtfröhlich wie nach einer Familienfeier. Schaler Bierdunst, flaue Witzchen, schwankende Gestalten. Jemand hatte in weiser Voraussicht noch einen vollen Maßkrug vom Berg mitgenommen und ließ ihn kreisen. Jürgen nahm aus Höflichkeit einen Schluck. Dann stimmte die Busgemeinde noch einmal gemeinsam „Ein Prosit der Gemütlichkeit" an. Jürgen fühlte sich nicht besonders. Jemand bot ihm an, von einer Schokobanane zu beißen. Er lehnte dankend ab.

Zu Hause erwartete ihn Jutta. Sie war die Mißbilligung in Person. „Du stinkst nach Bier und Schnaps."

„Sei doch nicht so humorlos, Schatz", murmelte Jürgen.

„Und wo hast du eigentlich dein Fahrrad gelassen?"

Dr. Kallfels sah sie verständnislos und unwillig an. Dann ging er auf die Toilette, um sich zu übergeben.

Der nächste Morgen war grau und trostlos. In diesem ganzen verdammten Arzthaushalt war keine einzige Aspirin aufzutreiben. Wahrscheinlich hatte der neurotische Dackel sie alle aufgefressen.

In der Klinik nahm Dr. Kallfels als erstes eine ordentliche Portion Novalgin-Tropfen gegen die Kopfschmerzen und ließ sich von der Schwester Paspertin i.m. spritzen. Er hatte ein unverkrampftes Verhältnis zu Medikamenten. Trotzdem war ihm immer noch schlecht. Die Schwestern grinsten kaum verhohlen. Eine wagte sogar zu fragen: „Hatten Sie dieses Jahr wieder eine nette Bierprobe, Herr Doktor?"

Und dann rief auch noch die Tante an. Er winkte verzweifelt ab, ihm war so schlecht. Aber die Schwester drückte ihm, sadistisch wie sie war, den Hörer in die Hand. Es sei ganz dringend. Die Tante.

„Es paßt mir im Moment wirklich überhaupt nicht, Tante. Was gestern war? Auf die Gefahr hin, daß du mich erschlägst oder enterbst. Ich kann mich an nichts erinnern."

Er legte den Hörer auf, wartete den nächsten Schweißausbruch ab, verhedderte sich in seinem Arztkittel und machte sich seufzend auf den Weg zur Morgenvisite.

VIII

Es klopfte an der Tür. Im Glauben, es sei die Etagendame bei ihrem morgendlichen Rundgang, streckte Lotte den Kopf heraus. Es war der Kommissar. Er sah merkwürdig aus. Sein Name sei Manfred Groß, und er sei mit den Ermittlungen im Falle Robert Wohlmann betraut. Ob er einen Augenblick? Lotte war das peinlich. Die Haare unfrisiert, Teetasse, Frühstücksbrot und Zeitung unordentlich auf dem Tisch, die Türe zum Schlafzimmer offen. Dennoch bat sie den Kommissar herein. Ob er auch eine Tasse Tee nehme? O ja, furchtbar gerne, wenn er nicht zu stark sei. Er fühle sich heute irgendwie nicht so ganz.

Lotte klapperte mit Wassertopf und Geschirr in ihrer Kochnische und versenkte einen Teebeutel in der Tasse des Kommissars.

„Wir kennen uns ja schon, nicht wahr, Herr Kommissar?“

Manni, der Kommissar, konnte sich beim besten Willen nicht erinnern. Für ihn sahen alle alten Damen mit ihren weißen Lockenköpfen, den Popelinemänteln und Bally-Schuhen gleich aus. Außerdem hatte er Kopfschmerzen, einen gräßlichen Kater. Er erinnerte sich verschwommen an einen fürchterlichen Abend und an eine Blondine, mit der er auf einem Tisch stehend geschunkelt hatte. Außerdem war es hier drinnen schrecklich warm und stickig.

Er versuchte Ordnung in seine Gedanken zu bringen. Ach ja richtig, neulich hatte ihn jemand auf dem Flur bei seinem Gespräch mit dem Heimleiter gestört, das mußte wohl diese Frau Askoleit gewesen sein.

„Selbstverständlich erinnere ich mich, gnädige Frau." Er machte eine kleine Verbeugung mit dem Kopf, der ihm dabei schrecklich weh tat, in ihre Richtung, zog an seinem Schnurrbart und fischte den Teebeutel heraus.

„Wir sind in unseren Ermittlungen im Falle Wohlmann auf Mithilfe angewiesen", begann er und kramte nach seinem Notizbuch.

„Wir versuchen uns nach allen Richtungen hin ein Bild von dem Verstorbenen und seinen Lebensumständen zu machen. Seine Großmutter ist ja leider immer noch vernehmungsunfähig. Sie sind mit Frau Wohlmann befreundet gewesen? Der Heimleiter hat mich an Sie verwiesen."

„Den Stiftsvorstand meinen Sie wohl", versetzte Lotte spitz. „Nun ja, ich weiß nicht, ob ich Ihnen helfen kann. Frau Wohlmann hat nicht gerne von ihrem Enkel gesprochen. Sie war wohl mit seinem Lebenswandel keineswegs einverstanden. Es heißt, er soll ein Verhältnis mit einer verheirateten Frau gehabt haben. Ist es wahr, daß sie ihm deshalb nichts hinterlassen wollte?"

Der Kommissar bestätigte. Im Falle des Ablebens der alten Frau Wohlmann sei die Enkelin Alleinerbin. Nun, gottlob sei es ja noch nicht soweit. Die Medizin vermöge heute Außerordentliches.

„Das sagt mein Neffe auch immer", nickte Lotte. „Er ist nämlich Oberarzt."

„So, so", meinte der Kommissar geistesabwesend und wischte sich den kalten Schweiß von der Stirn.

Lotte fragte, ob ihm nicht gut sei. Nein, nein, danke der Nachfrage, vielleicht ein wenig überarbeitet.

Ob es denn Spuren gäbe, einen Verdacht, fragte Lotte. Nun leider, nichts Konkretes. Es habe einen kleinen Hinweis gegeben, der zur Bergkirchweih gedeutet habe. Er, der Kommissar, sei dem Ganzen persönlich nachgegangen. Die Sache sei aber, ja wie solle man sagen, im Sande verlaufen. (Nie mehr Alkohol, schwor er sich im stillen.) Nun ja, vielleicht seien finanzielle Probleme des Verstorbenen im Spiele gewesen – das sei nicht auszuschließen. Ihm persönlich erscheine aber – unter uns gesagt – ein Unfall am wahrscheinlichsten. Ein Sturz in alkoholisiertem Zustand, ein ungeschickter Schritt am glitschigen Ufer, man schlage irgendwo im Wasser mit dem Kopf auf, Bewußtlosigkeit, Wasser laufe in die Lungen, ehe man wieder zu sich komme, sei man praktisch schon tot, um es mal verkürzt zu sagen. Man habe solche Fälle zur Genüge in den Akten.

„Vielleicht kennen Sie, Herr Kommissar", fragte Lotte und versuchte ihr Haar zu ordnen, „das alte lateinische Wortspiel *amantes – amentes*?" Sie genoß die Pause, die entstand, während der der Kommissar ratlos und schnaufend versuchte, seinen obersten Hemdkragen zu öffnen.

„Liebende sind kopflos, so könnte man es übersetzen. Ich meine damit, Frauen haben im Leben des armen Toten eine große Rolle gespielt. Liebe und Eifersucht, da kann vieles passieren, verstehen Sie, Herr Kommissar? Ich weiß nichts Konkretes, aber das ist doch ein uraltes Motiv."

Der Kommissar versicherte Frau Askoleit, man habe von den wechselnden Beziehungen des Toten zu Frauen Kenntnis und lasse auch in dieser Hinsicht nichts außer acht, dessen könne er sie versichern. Er hatte das unabweisbare Gefühl, er müsse sofort raus hier aus diesem warmen Zimmer.

Er arbeitete sich aus den Tiefen des Sofas hoch, stieß in der Enge fast die Teetasse um, wünschte noch einen schönen Tag und bat, fast schon in der Tür stehend, mit bleichem Gesicht um eine Kopfschmerztablette.

Lotte schloß die Tür hinter dem Kommissar, der wirklich sehr angegriffen gewirkt hatte. Sie selbst fühlte sich gut. Ein herrlicher Tag, die Wärme tat den Gelenken gut. Sie verspürte heute fast keine Schmerzen und war unternehmungslustig. So bestieg sie den Bus hinunter bis zur Schwabach, um ein Stückchen spazierenzugehen.

Bläulich-kühler Dunst lag noch über dem Flußtal. Butterblumen, Wiesenschaumkraut, Klee, Löwenzahn und der erste Wiesensalbei blühten, Schwalben jagten im Sturzflug dicht über das Wasser. Es roch intensiv nach dem ersten Grasschnitt. Niemand war zu der frühen Stunde hier. Ein Lied aus ihrer Jugend kam Lotte in den Sinn – „Es geht eine he-he-le-e Flö-hö-te, der Frühling ist über dem Land". Vor ein paar Jahren hatten der Neffe und Jutta sie zu einem Frühlingskonzert der Kinder in die Singschule mitgenommen, und sie hatte alle die alten Lieder wieder gehört. Am Brunnen vor dem Tore. Und wieder blühet die Linde. Ich weiß nicht was soll es bedeuten. Sie hatte geglaubt, die Kinder heutzutage wüßten nichts mehr von solchen Dingen, und nach dem Konzert die Zwillinge ganz gerührt in den Arm genommen.

Es war noch so zeitig; einem spontanen Einfall folgend, lenkte sie ihre Schritte Richtung Bergkirchweihgelände.

Der Morgen danach. Tausende hatten sich hier einen Abend und die halbe Nacht lang in einem schier undurchdringlichen Pulk gedrängt und geschoben, hatten gegessen, getrunken, gefeiert. Zigarettenschachteln und Servietten waren achtlos zu Boden gefallen, abgenagte Hähnchenbeine unter den Tisch geflogen, Krüge zu Bruch gegangen, Übelkeit hatte sich Luft gemacht.

Neun Uhr – und es war, als wäre nichts geschehen. Die Tische geputzt, unter den Bänken gerecht, die Straße feucht und sauber. Sonnenlicht reflektierte auf den Tischen, Vögel zwitscherten in den Linden und Kastanien. Hinter den halb heruntergelassenen Rollos putzten Schaschlikbudenbesitzer in weißen Schürzen ihre Roste und Vitrinen, Glühbirnen wurden ausgewechselt, Zigarettenautomaten aufgefüllt, Geschirr klapperte, aus Transistorradios dudelten die neuesten Hits. In großen weißen Plastikwannen warteten kalte Heringe und bleiche Hähnchen auf den Abend. Kartons voll Brötchen standen an der Ecke.

Ein junges Mädchen im Sommer-T-Shirt verkaufte die Abendzeitung an die Standbesitzer: *„Jahrhundertkerwa?!"*

Die Feststraße entlang drängten sich die Lkws, hupten und rangierten. Sie brachten Eis, Stapel von Kisten mit Cola und Limo, riesige silberne Fässer mit Kerwa-Bier. Ein paar Stadtarbeiter in orangen Hosen saßen auf den Bänken und machten Brotzeit, die letzte Kehrmaschine ratterte vorbei. Man schimpfte, palaverte und wünschte sich gute Geschäfte. Aus den weit geöffneten Flügeltüren der Keller drang feuchter, kühler, süßer Bierdunst.

Lotte atmete tief ein. Herrlich! Sie stieg ein paar Treppenstufen empor, suchte sich in den langen, leeren Reihen ein schattiges Plätzchen und genoß das geschäftige Treiben.

Ein gepanzerter Geldtransporter bahnte sich einen Weg. Die riesigen blauen, gelben und roten Fahnen der Brauereien hingen schlapp in der Sonne. Die Kapellen hatten ihre Instrumente mit großen Plastikplanen abgedeckt. Ältere Männer schoben bereits wieder voll Erwartung und Vorfreude ihre Fahrräder vorbei. Die Heringsbraterei da oben schürte wieder an.

Die Großschlächterei fuhr mit dem Laster vor. (Ochse Felix war schon aufgegessen, es nahte Ochse Walter.) Ein junger Mann schrieb mit weißer Kreide Reservierungen für den Abend auf die Bänke um Lotte herum. (Wollte sich die Parteiprominenz heute abend noch einmal ins rechte Licht rücken?)

Eigentlich wäre Robert Wohlmann gestern abend auch hier gewesen. Er hätte mit getrunken, mit gelacht, sich mit irgend jemandem getroffen – niemand würde je erfahren mit wem. Bedauerlich, ja ärgerlich, daß ihr Neffe zu solchen alkoholischen Entgleisungen bis zum Gedächtnisverlust fähig war. Das war üblicherweise nicht seine Art. Sie drehte ein heruntergefallenes Lindenblatt zwischen den Fingern.

Offensichtlich hatte der Kommissar aus dem Zettel, den der Tote bei sich trug, ähnliche Schlüsse wie sie gezogen und auch vermutet, daß sich Robert Wohlmann mit jemandem auf der Bierprobe treffen wollte. Entweder er hatte gestern dabei nichts herausgefunden oder – und das traute Lotte ihm durchaus zu – er erzählte ihr nicht alles.

Vielleicht war der Zettel ja auch völlig unwichtig, und selbst wenn er wichtig gewesen war – wußte nicht jedermann, daß Robert tot war? Wer wäre da noch zu einem Treffen mit ihm gekommen? Einerlei – es war wie es war. Der Kommissar schien ihr aber am ehesten an einen Unfall zu glauben – Lotte schnaubte. Aktendeckel zu und fertig!

Unter ihrem Ausguck traf sich eine Gruppe Studenten zum Frühschoppen, man begrüßte sich lautstark. Ein freundlicher Ober in kurzer weißer Jacke näherte sich ihr und fragte, ob er Lotte schon etwas bringen dürfte. Um Gottes willen, sah sie so aus, als trinke sie schon frühmorgens literweise kaltes Bier?

„Ich kenne niemanden, der so ist wie dieser Robert", grübelte sie. War er habgierig, leidenschaftlich, egoistisch, lebenslustig, selbstverliebt oder einfach noch ein großes Kind?

Sie dachte wieder an den tropfenden Zopf, und Robert tat ihr unendlich leid. Sie alte Schachtel saß immer noch hier – und der Junge war tot. Er mußte ja irgend etwas Liebenswertes gehabt haben. Seine Schwester hatte um ihn geweint, und auch die kleine Anja hinter ihren dicken schwarzen Sonnenbrillengläsern. Und jemand hatte dieses ungewöhnliche rote Herz aus lauter Rosen für sein Grab bestimmt.

Anja war offensichtlich eifersüchtig. Auf wen? Auf die ältere Frau, die den Zorn Käthe Wohlmanns erregt hatte? Wer war sie? Lotte starrte auf den Bier-Lkw zu ihren Füßen mit dem großen weißblauen Zeppelin über einer fränkischen Landschaft, der darauf gemalt war, und dachte nach ... Ja, so könnte es gehen, vielleicht, vielleicht war das eine Möglichkeit. Sie erhob sich von der Holzbank, streckte die alten Glieder. Hähnchenduft stieg ihr in die Nase. Eine Gruppe älterer Ehepaare näherte sich und diskutierte, ob man sich in die Sonne oder in den Schatten setzen sollte. Die Herren wurden geschickt, um Bier und Brezen zu holen. Die Damen breiteten Servietten und mitgebrachtes Besteck aus. Der Berg begann wieder zu atmen.

Plötzlich fiel Lotte siedendheiß ein, daß sie zum ersten Mal seit Jahren vergessen hatte, ihre Morgentabletten zu nehmen. Daß sie darüber hinaus eine Stunde ohne schützendes, wärmendes Sitzkissen auf der Bank gesessen hatte, wurde ihr nicht einmal bewußt.

IX

„Lassen wir's gut sein, Tante Lotte. Es hat keinen Sinn. Wir versuchen es wann anders noch mal."

„Jutta, meine Gute, sei mir nicht böse, ich kann nicht mehr." Lotte suchte mit zitternden Fingern in ihrer Handtasche nach dem Taschentuch mit dem Spitzenrand und nach ihrer altmodischen Eau-de-Cologne-Flasche. Die dünnen Haare kringelten sich feucht und klebten in ihrem Nacken. Ihr Kleid war naßgeschwitzt. Das Gefühl, womöglich nach Schweiß zu riechen, war ihr äußerst unangenehm. Zwei Stunden war sie nun schon mit Jutta unterwegs.

Eigentlich hatte sie nur einen kurzen Besuch in der Stadt geplant und bei der Zeitung versuchen wollen, an den letztjährigen Bericht vom Schloßgartenfest zu kommen.

Sie hatte lange hin und her überlegt. Wo war überhaupt das Archiv der Tageszeitung? Konnte man dort einfach nach einer alten Ausgabe fragen oder mußte man einen besonderen Grund angeben? Mußte man etwas dafür bezahlen? Wie lange dauerte so etwas? Lagen die alten Ausgaben im Keller der Lokalredaktion oder womöglich in einem speziellen Magazin in Nürnberg? Das würde die Sache noch mehr erschweren.

Sie dachte sich eine höchst komplizierte Geschichte aus, die ihr Interesse an der speziellen Montagsausgabe vom Juli letzten Jahres erklären sollte, faßte sich ein Herz und betrat die Geschäftsstelle der Lokalredaktion.

Langsam fiel die Türe hinter ihr zu. Hier drinnen war es

angenehm kühl und dämmrig, wenn man von der heißen Straße, geblendet vom grellen Licht, eintrat. Für die Jahreszeit verzeichneten die Meteorologen eine ungewöhnliche Hitzewelle. Die Damen im Stift litten alle. Es sei „so plötzlich" warm geworden. Diese Wärme sei „doch wirklich unnatürlich". Die Zeitungen schrieben mal wieder von Ozonloch und Klimakatastrophe.

Lotte beneidete die jungen Mädchen, die locker bekleidet – fast nichts drunter, wenig darüber – in der Stadt unterwegs waren. In i h r e m Alter trug man immer Strümpfe, und die Unterwäsche war mehrteilig, fest, unverzichtbar und sehr schweißtreibend. Lotte tupfte sich den Schweiß von der Stirn. Die Dame von der Lokalredaktion hinter dem Tresen nahm gerade eine Annonce entgegen:

„Ich wiederhole noch mal den Text: *Leitender Siemens-Angestellter sucht repräsentatives Haus in Sieglitzhof oder Burgbergnähe. Preisangebote unter Chiffre.* Okay, alles klar. Das Ganze im Erlanger Teil am Wochenende. Wiederhören."

Das Telefon klingelte schon wieder. Lotte wappnete sich mit Geduld.

„Eine Familienanzeige im Erlanger Teil? Ja, ich schreibe ... Wie war das noch? Mmmmh, ja ... Ich lese ihnen das noch mal vor: *Meine (?!) liebe B. Heute hast du also Geburtstag* ... Ach nicht *Geburtstag*, nur *G Punkt*? Wenn Sie das so möchten. Und dann: *Ich denke an dich. Dicke 3. L. aus N.* Mir soll's recht sein."

Schließlich war das Telefonat beendet, die Dame erhob sich und trat zu Lotte. Diese hatte dem Gespräch gelauscht und sich gefragt, warum sich die Leute heute nicht mehr ganz normal zum Geburtstag gratulieren konnten, sondern viel Geld in hochkomplizierte Zeitungsgrüße steckten, die keiner verstand. Das Telefon schrillte erneut, die

Dame entfernte sich wieder. Schließlich tauchte jedoch eine zweite Angestellte auf, die offensichtlich gerade ihre Frühstückspause beendet hatte und in breitem Fränkisch nach Lottes Wünschen fragte.

„Die Zeidung vom 13. Juli ledzdes Joo. A Mondooch woo des, soogn Sie? Nemas an Momend Bladz."

Für die Dame von der Lokalredaktion schien Lottes Anliegen nichts Besonderes zu sein. Sie war verschwunden, ehe Lotte zu ihrer komplizierten Erklärung ansetzen konnte. Lotte sank auf einen Holzstuhl in der Ecke und mußte sich schon wieder den Schweiß abwischen.

Erstaunlich schnell war die Angestellte mit der gewünschten Zeitung zurück.

„Mir kennas auch glei doo lossn, wenn noch mera danooch froong."

Lotte war verblüfft. „Heißt das, es hat sich schon jemand nach dieser Ausgabe erkundigt? Vielleicht ein Herr mit einem Schnurrbart?"

Leider klingelte schon wieder das Telefon, und die Angestellte nahm keine Notiz mehr von Lottes Frage.

Lotte blätterte die Zeitung auf. Auf der ersten Seite des Lokalteils war der Bericht, den sie suchte:

„Universität in Sommerlaune – der Schloßgarten wird zum Parkett".

Darunter ein Bericht über das größte Gartenfest Europas, den gnädigen Wettergott, der eine laue Nacht beschert hatte, die launige Damenrede des Universitätspräsidenten, die brillanten Tanzkapellen und Bands auf den verschiedenen Parketts im Schloßgarten und mehrere Fotos von dem wichtigsten gesellschaftlichen Ereignis der Stadt.

Lotte erkannte ihn sofort. Ein Schnappschuß beim Tanz. Robert Wohlmann hatte seine Partnerin eng an sich gezogen. Man konnte sie gut erkennen. Eine schlanke, elegante Dame, wohl Mitte vierzig, in einem bodenlangen

Schlauchkleid, mit streng aus dem Gesicht genommenen Haaren (Lotte vermutete einen Zopf oder ein Haarteil auf dem Hinterkopf) und ungewöhnlich großen Ohrringen. Ein schönes Paar. Die Zeitungsunterschrift war belanglos: *„Bis in den frühen Morgen drängten sich die Tänzer auf den Tanzflächen".*

Mehr stand da nicht. Lotte starrte das Bild an und versuchte, das Bild der Frau in sich aufzunehmen. Unerwartet kam ihr die Angestellte zu Hilfe:

„Braung Sie auch a Kobie voo den Ardiggl?"

Eine Kopie? Das war natürlich großartig. Lotte nickte dankbar und wagte nicht noch einmal zu fragen, wer sich denn schon einmal für diese Schloßgartengeschichte interessiert hatte.

Wenige Minuten später stand sie wieder auf der heißen Straße. In der Tasche die Kopie mit dem Zeitungsartikel, mit dem Bild, das Robert Wohlmann mit jener Frau zeigte, die so sehr den Unwillen der alten Käthe Wohlmann im Stift erregt hatte, und die vielleicht mit dieser ganzen mysteriösen Geschichte zu tun hatte. Die freundliche Angestellte in der Lokalredaktion hatte noch nicht einmal Geld für die Fotokopie verlangt. Lotte war erleichtert, daß alles so unerwartet glattgegangen war. Ein paar kurze Besorgungen noch, dann wollte sie wieder nach Hause. Es war einfach zu heiß heute.

Über dem Schloßplatz flirrte die Hitze. Die Tauben hockten im Schatten, die Gemüsehändler rückten die rotweiß gestreiften Marktschirme, um ihre Ware wenigstens notdürftig vor der Sonne zu schützen. Ein paar Eis essende Schüler, die wohl schon hitzefrei hatten, saßen auf den Stufen des Brunnens. Frauen in dünnen, bunten Sommerkleidern kauften ein: Melonen, die ersten griechischen Pfirsiche, nur nichts Schweres bei der Hitze. Dazwischen ein junger Mann, dessen Anblick Lottes Auge beleidigte:

Grellbunte Shorts mit Gummizug und aufgedruckten Surfern, ein schlappes T-Shirt über dem Bauch, dazu Gesundheitslatschen und blasse Stachelbeerbeine. Lotte schauderte. Vielleicht hatte der Witwenstand ja auch goldene Seiten? Nein, damit tat sie ihrem guten Karl Unrecht. Er war auch in größter Hitze immer korrekt gekleidet gewesen.

Durchdringendes Fahrradgeklingel riß sie aus ihren Gedanken und ließ sie einen jähen Schritt zur Seite machen. War man denn seines Lebens auch in der Fußgängerzone nicht mehr sicher? Diese Fahrradfahrer wurden immer dreister. Fuhren überall kreuz und quer, ob es erlaubt war oder nicht, und erschreckten alte Menschen wie sie zu Tode. Dieser Meinung waren auch die anderen Damen im Stift. Erst neulich war eine ihrer Bekannten von einem jugendlichen Fahrradfahrer umgerempelt worden. Der war, ohne sich auch nur zu entschuldigen, auf und davon gefahren. Wo blieb eigentlich die Polizei, wenn man sie brauchte? Damit war Lotte wieder beim Thema. Ihre Gedanken kreisten um den Kommissar. Was wußte er, was vermutete er? War er es gewesen, der vor ihr in der Lokalredaktion nach dem Artikel gefragt hatte?

„Hey, Tante Looootte!" Jemand rief sie von hinten. Sie drehte sich um und erkannte Jutta, ihre Nichte. Sie trug einen äußerst kurzen Rock und eine dünne Bluse.

Lotte war sich nicht sicher, ob so etwas für eine Mutter von zwei halbwüchsigen Kindern noch angebracht war. Jutta wirkte wie immer wie ein Ausbund an Gesundheit und Vitalität, auch bei diesen Temperaturen.

Jutta Kallfels war Lottes leibliche Nichte, ihre nächste Verwandte. Lotte liebte sie ehrlich, auch wenn ihr Jutta mit ihrem Temperament und ihrem ungebremsten Unternehmungsgeist manchmal etwas fremd war.

„Ein bißchen forciert ist sie manchmal", dachte sie gelegentlich. „Sie macht es dem armen Jürgen mit ihrer Umtriebigkeit nicht leicht. In seinem Alter und bei dem anstrengenden Beruf hätte er zu Hause einen ruhenden Pol nötig. Ein bißchen Konzilianz und Verständnis. Männer brauchen so was."

Sie hütete sich jedoch, derartige Gedanken laut zu äußern. Jutta wäre vermutlich explodiert.

Als Jutta damals ihren jungen Medizinstudenten Jürgen Kallfels geheiratet hatte, war Lotte nicht sicher gewesen, ob die beiden wirklich zusammenpaßten, aber sie schienen gut miteinander auszukommen. Dr. Kallfels wuchs Lotte ans Herz. Er war „ihr Neffe", genauso wie Jutta „ihre Nichte" war. Ja, in der hintersten Ecke von Lottes Herzen nahm Dr. Kallfels sogar einen besonderen Platz ein.

Wie sie befürchtet hatte, war Jutta voll Tatendrang, und sie, Lotte, war das Objekt des Unternehmungsgeistes. Tante Lotte habe doch demnächst Geburtstag. Was sie sich denn da wünsche? Lotte ahnte, was ihr bevorstand, und versuchte sich herauszuwinden. Bloß jetzt nicht bei der Hitze mit Jutta einkaufen gehen!

„Ach Kindchen, in meinem Alter braucht man nichts mehr. Ich habe doch alles. Wenn ihr alle zu meiner Geburtstagsfeier kommt, ist das Geschenk genug."

„Quatsch, natürlich kaufen wir dir ein Geburtstagsgeschenk. Irgendwas braucht man immer." Jutta sah ihre Tante scharf an. „Wie wär's mit einer neuen Bluse?"

„Juttalein, ich habe doch den ganzen Schrank voll damit."

„Ich meine nicht so eine in Grau-Blau, Grau-Grün, Grau-Weiß mit den ewigen Schleifen am Hals. Ich meine was Schickes, bißchen was Jugendliches."

Lotte sah verunsichert an sich herunter. Sie fand sich absolut korrekt angezogen. Von einem gewissen Alter an sollte man sich möglichst unauffällig kleiden und keinen Modetrends mehr folgen. Außerdem hatte das den Vorteil, daß die Sachen praktisch unbegrenzt tragbar blieben. Auf der anderen Seite wußte sie auch, daß Jutta und Jürgen ihr so oder so irgend etwas schenken würden. Und ihre Schränke waren voll mit Parfums, die sie nie benutzte, mit süßen Likören, die sie nach Möglichkeit zu anderen Geburtstagen weiterverschenkte, mit Bildbänden über ihre alte Heimat Ostpreußen, die sie nur traurig machten, und mit Romanen, die sie langweilig oder geschmacklos und empörend fand.

So entschied sie, keinen weiteren Widerstand gegen Juttas Einkaufspläne zu leisten, zumal das gegen Juttas feste Entschlossenheit sowieso zwecklos war, und stimmte schließlich trotz der Hitze einem Einkaufsbummel zu.

Unglückseligerweise hatte Jutta gerade einen Kurs in Farb- und Stilberatung gemacht. Sie besuchte ständig irgendwelche Kurse. Über kreatives Gedächtnistraining, angewandte Kinesiologie, Step-Aerobic, Bioenergetik, Tai-Chi, Bauchtanz und fleischloses Kochen mit Soja.

Jetzt fixierte sie ihre Tante scharf. „Du bist der typische Herbst." Lotte hatte keine Ahnung, was das bedeutete und welche Konsequenzen es für sie hatte. Ihr war elend heiß, sie fühlte sich eher wie der typische Hochsommer.

Derweil lief Jutta zu Hochform auf und breitete ihr frisch erworbenes Wissen vor Lotte aus:

„Es gibt vier Farbtypen – wie die vier Jahreszeiten. Herbsttypen haben blasse Haut, helle Wimpern und braune Augen. Du kannst alle Farben tragen, die im Herbst vorkommen. Rostrot, Oliv, Pflaumenblau, Brombeer, das sind deine Farben. Oder wie wäre es mit Maisgelb? Du solltest deine Haare kastanienbraun mit einem Stich Rot färben. Das würde dich um Jahre jünger machen."

Lottes Augen weiteten sich vor Schrecken. Schwatzend

zog Jutta sie mit sich, erzählte von Sommertypen, denen Stahlblau stehe, und Wintertypen, die in eisigem Weiß perfekt aussähen.

Lotte schwebte als Ziel ihres Einkaufsbummels ein gediegenes, alteingesessenes Geschäft vor, in dem sie ab und zu Kundin war, wenn sie ein solides neues Stück brauchte. Aber Jutta winkte entschieden ab und meinte, den alten Kram könne sie tragen, wenn sie erst einmal neunzig sei. Statt dessen dirigierte sie Lotte in einen Laden, in dem ihnen stampfende, einförmige Musik entgegenquoll.

Die Verkäuferin war gerade in ein wichtiges Gespräch mit einer Kollegin verwickelt, das sie momentan anscheinend nicht unterbrechen konnte. Immerhin winkte sie kollegial zu Jutta herüber, die hier offenbar öfter einkaufte. Knallfarbenes so weit das Auge reichte, Stretches und Tops, Shorts und Shirts. Lotte sah Jutta zweifelnd an.

„Da finden wir schon was Flottes für dich“, meinte ihre Nichte aufmunternd und fingerte flink zwischen den Kleiderständern. „Die Farbe steht dir. Quitte ist ideal für dich.“

„Aber die Bluse hat doch gar keine Ärmel?!“

„Jetzt probier doch wenigstens mal.“

Jutta schob ihre Tante in eine Umkleidekabine. Lotte sah sich hilfesuchend um. Die Kabine war winzig klein. Kein Spiegel, kein Hocker, kein Haken, dafür diese Musik. Sie lehnte Stock und Handtasche in die Ecke, sah sich genötigt, ihre eigene Bluse auf den Boden zu legen, verhedderte sich in der Enge im Vorhang und trat schließlich aufgelöst und in Quittengelb vor die Kabine.

„Die Farbe steht dir.“

„Aber ohne Ärmel“, meinte Lotte. Sie betrachtete ihre weißen Oberarme mit den vielen Dellen im Spiegel.

„Das hat man aber jetzt“, bemerkte die Verkäuferin, die gerade vorbeischlenderte.

„Du mußt dazu eine Holzkette tragen. Naturmaterialien sind ideal für den Herbst", riet Jutta. Die Verkäuferin reichte lässig eine dicke braune Holzkette.

„Ich hab' doch den schönen Goldschmuck von Karl. Und die Farbe paßt so gar nicht zu meinen grauen Rökken."

Lotte war nicht zu überzeugen. Sie probierte zu Kurzes, zu Enges, zu Langes, zu Buntes und gab es schließlich auf.

Jutta war mittlerweile verschwunden, trat endlich in einem kurzen, bunten Stretchkleid aus der Kabine, erklärte fröhlich, sie wolle es gleich anbehalten, ließ sich das Preisschild abschneiden und ihre eigenen Sachen in eine Tüte packen. Für sie zumindest hatte sich der Einkauf gelohnt.

Lotte mußte gestehen, daß Jutta in dem kurzen Kleidchen sehr gut und quietschlebendig aussah, und dachte mit einer winzigen Spur Neid daran, wie matronenhaftgesetzt sie selbst im gleichen Alter schon gewirkt hatte.

Jutta hatte wohl erkannt, daß ihre Tante nicht für modische In-Boutiquen geschaffen war, hatte sich aber in den Kopf gesetzt, den Einkaufsbummel auch für Lotte erfolgreich zu beschließen. So steuerte sie als nächstes einen gedämpft-eleganten Laden in Marmor, Glas und Stahl an. Die Verkäuferin, ganz Dame, wachte wie eine Gralshüterin vor ihren Kleiderständern und musterte Lotte mit einem abschätzigen Blick von oben bis unten. Lotte kam sich schäbig vor in ihrem Rock mit der soliden Bluse.

Mit Herablassung in der Stimme geruhte die Gralshüterin sich nach den Wünschen der Herrschaften zu erkundigen. Eine Bluse? Ihr Blick sprach Bände.

Sie griff hinter sich und förderte ein durchsichtiges schwarzes Etwas zutage, das sie den Herrschaften wie eine Reliquie entgegenhielt. Lotte sah zweifelnd zu ihrer Nichte, dann auf die Bluse. Dann fiel ihr Blick auf das Preisschild. Eine dreistellige Zahl mit einer Vier vorne dran!

„Nein, das ist ganz bestimmt nichts für mich. Haben Sie nichts ... Preiswerteres?"

Die Gralshüterin sah sie an, als habe sie soeben etwas Unanständiges gesagt, ihr Blick verfinsterte sich. Sie griff wieder in die Kleiderständer und präsentierte ein geblümtes Etwas.

„Das ist *last saison* und natürlich nicht *die* Qualität. Aber wenn Sie mal schlüpfen möchten?"

Sie stolzierte voraus zur Umkleide. Lotte quälte ihren Kopf gerade durch den Schalkragen, da riß die Gralshüterin den Vorhang schon wieder auf und fragte aufmunternd:

„Na, paßt's?"

„Ich weiß nicht." Lotte fühlte sich in der Bluse wie ein alter, müder, bunter Papagei. Die Ärmel waren zu lang, der Schalkragen hing schlapp. Beherzt griff die Verkäuferin Lotte ins Genick, zog die Bluse nach hinten oben zusammen und meinte, „das sähe doch ganz nett aus". Jutta bekam einen Lachanfall.

„Du siehst wirklich unmöglich aus, Tante."

Prustend zog sie Lotte schließlich aus dem Geschäft. Die Gralshüterin blieb pikiert zurück.

Lotte wollte nur noch eines: nach Hause. Doch ihre Nichte ließ nicht locker, die Sache mit dem Geburtstagsgeschenk sollte nun mal heute abgewickelt werden.

Auf Lottes Drängen versuchten sie es nun in einem preiswerten Bekleidungshaus, ganz ohne nervende Verkäuferinnen. Aus den Lautsprechern tönten Sonderangebote, kleine Kinder suchten ihre Muttis und konnten an der Hauptkasse abgeholt werden.

Vielleicht hätten sie hier etwas Passendes gefunden, wenn nicht ein plärrendes, offenbar unsteuerbares Kleinkind jedesmal den Vorhang aufgerissen hätte, wenn Lotte gerade in ihren Dessous dastand.

Zwei Stunden waren so vergangen. Lotte war fertig mit der Welt, schwitzte, zitterte und sagte: „Ich kann nicht mehr."

Selbst Jutta war inzwischen etwas gedämpft und erklärte, sie müsse dringend nach Hause, Mittagessen kochen. Ob Lotte nicht mitkommen wolle? Sie habe nachmittags einen Kurs für „Afro-Dance" und könne Lotte bei der Gelegenheit nach Hause fahren. Es gäbe Tofuschnitzel. Lotte stimmte zu. So mußte sie wenigstens nicht wieder in den stickigen Bus einsteigen und dann noch zu Fuß gehen, sondern konnte sich mit dem Auto fahren lassen.

Tofuschnitzel waren ihr unbekannt. Wenn sie Verdauungsprobleme hatte, ging sie gelegentlich ins Reformhaus und kaufte dort einen Sauerkrautsaft. In den dort ausliegenden Gratis-Blättchen war öfter die Rede von solchen gesunden Köstlichkeiten, gegessen hatte sie so etwas aber noch nie. Im Stift gab es auch immer freitags fleischlos. Solide Dinge wie Fischfilet mit Remoulade, süßen Reisauflauf oder Spinat mit Ei. – Sie war gespannt.

Als Jutta die Haustüre aufsperrte, schoß ein kläffender Dackel heraus, sprang mit wedelndem Schwanz an Juttas gebräunten strumpflosen Beinen hoch und begann zu knurren, als er Lotte sah. Das machte er immer. Jutta behauptete, Lottes Stock irritiere das arme Tier. Also wurde der Stock in der Garderobe deponiert.

Der Hund legte die Ohren zurück, sah Lotte (wie diese fand) mit einem perfiden Blick an, knurrte bitterböse und schoß dann wieder kläffend auf Lotte zu. Jutta sah sich daraufhin genötigt, das Tier ins Gästeklo zu sperren. Dann verschwand sie in der Küche und begann, mit Geschirr zu klappern.

Lotte sank auf ein Wohnzimmerpolster und fiel für kurze Zeit in einen erschöpften Schlaf.

Ein durchdringender Klingelsturm riß sie aus ihren

Träumen und vom Sofa. Der Dackel in der Toilette kläffte wieder los. Die Zwillinge kamen aus der Schule heim!

Max trug eine drei Nummern zu große Hose und ein riesiges Hemd, auf dem stand vorne *„Keine Schule – keine Arbeit – keine Probleme"* und hinten *„Ich bin nicht tot – ich rieche nur komisch"*. Er murmelte ein tonloses „Hey" in Lottes Richtung und schleuderte seine Schultasche quer durch die Diele. Sie war über und über beklebt und bemalt. Lotte entzifferte *„Einstein ist tot und ich fühle mich auch schon ganz schlapp"* und *„Gib der Kelly-Family keine Chance!"*.

Das andere Kind kannte Lotte nicht. Es hatte bleistiftkurze, strohblonde Haare, einen Nasenring, schwarz umränderte Augen und ein minikurzes, nabelfreies T-Shirt ...

„Oh Gott, Lisbeth, wo sind denn deine schönen langen braunen Haare?"

„So was hat doch kein Arsch mehr. Blond ist voll geil, Tante Lotte."

Lotte sah hilfesuchend zu ihrer Nichte, aber die zuckte nur die Schultern und meinte stoisch: „Das sind alles ganz normale Phasen in dem Alter. Da muß man durch. Das geht auch wieder vorbei."

Man setzte sich an den Mittagstisch. Max fragte, was es denn gäbe.

„Wasn, Tofuschnitzel? Eß ich nich, ich kauf mir in der Stadt 'n Döner."

Jetzt wurde Jutta überraschend grundsätzlich. Das sei gesund und jetzt werde verdammt noch mal gegessen. Max maulte:

„Ay, cool bleiben, Mama", um dann aber gleich nachzusetzen:

„Papa ißt dein Körnerfutter auch nicht."

Juttas Blick war so vernichtend, daß er sich doch entschloß, anstandshalber ein paar Bissen zu nehmen. Lisbeth erklärte, sie sei auf Diät, und gab heimlich dem aus dem

Gästeklo befreiten Dackel ein Stück. Der mochte aber offensichtlich auch kein Tofuschnitzel. Lotte fand es so schlecht nicht. Es schmeckte eigentlich nach gar nichts, nur nach Panade.

Jutta meinte aufmunternd, zum Nachtisch gäbe es Pudding.

„Ach nee, doch nich wieder deinen braunen aus dem Reformhaus, oder?" quengelte Max.

„Wieder Carob-Pudding ohne Zucker", nölte Lisbeth.

Jutta brachte die Schüssel.

„Meinst du, Jutta, ich könnte eine Idee Zucker dazu haben?" schaltete sich Lotte vorsichtig ein.

„Vergiß es, den weißen Zucker hat sie weggeschmissen", klärte Max sie auf. „Du kannst Apfeldicksaft haben oder Vollrohrzucker. Aber der ist braun und klumpt."

„Laß nur, das ist nicht nötig, es schmeckt auch so sehr gut", versetzte Lotte unsicher.

Das Gespräch drehte sich um die Schule. Eine Mitschülerin habe heute ein neues, „voll abgefahrenes, geiles Teil" angehabt. Der Mathelehrer habe eine Ex geschrieben, der Arsch. Überhaupt seien alle Lehrer voll bescheuert. Lisbeth petzte, daß Max in Latein im Mündlichen eine Fünf kassiert habe. Lotte überlegte kurz, ob sie ihre Hilfe anbieten sollte, verwarf aber den Gedanken.

Beide erklärten übereinstimmend, „praktisch keine Hausaufgaben aufzuhaben", und trollten sich. Aus der Diele tönte Geschrei. Max hatte sich Lottes Stock geschnappt und ging damit auf Lisbeth los. Die kreischte „du Arsch, du kannst mich mal" und wurde ebenfalls handgreiflich. Sie riß ihren Tennisschläger aus dem Schrank und schlug damit auf ihren Bruder ein. Der kam brüllend angerannt und schrie:

„Die Kuh hat mich am Arm verletzt, ich kann morgen nicht in die Schule!"

Die beiden Frauen versuchten, seine Verletzung genauer zu begutachten, doch schon riß er sich wieder los und startete einen Gegenangriff. Der neurotische Dackel kläffte dazwischen, jaulte auf, weil er zwischen die kämpfenden Fronten geraten war, und erbrach sich auf den Küchenfußboden. Jutta stieß einen Brüller aus und schickte die Zwillinge mit dem Hund Gassi. Dann kehrte endlich Ruhe ein.

„Jetzt trinken wir zwei erst mal in Ruhe einen schönen Espresso draußen“, schlug sie aufseufzend vor.

Lotte wehrte entschieden ab. Die härteste Droge, die sie je zu sich nahm, war ein schwarzer Tee mit Zitrone. Ihre Nichte meinte zwar, der Kaffee komme aus dem Dritte-Welt-Laden, den könne sie ruhig trinken, aber Lotte lehnte dankend ab.

Jutta sammelte einen Stapel medizinischer Fachzeitschriften vom Gartentisch, die Jürgen liegengelassen hatte. An den Anblick von endoskopierten Mägen und behandlungsbedürftigen Hämorrhoiden konnte sie sich beim Kaffeetrinken einfach nicht gewöhnen. Dann holte sie sich den Espresso, ihre Zigaretten (Lotte wollte nicht fragen, ob der Tabak auch aus ökologischem Anbau sei) und eine Schale mit Vollkornplätzchen, die Lotte mit ihrem Gebiß aber nicht essen konnte, da sie steinhart waren. Die beiden Frauen saßen friedlich unter der großen Sonnenmarkise auf der Terrasse und genossen die Stille.

Jetzt endlich konnte Lotte wieder einen klaren Gedanken fassen. Sie erinnerte sich an den ursprünglichen Grund der vormittäglichen Odyssee und kramte die Fotokopie mit dem Bild vom Schloßgartenfest aus ihrer Handtasche. Jutta war über die Zusammenhänge nur mangelhaft im Bilde. Endlich hatte Lotte Gelegenheit, mit jemandem in aller Ruhe über das Thema zu sprechen, das sie nicht mehr losließ. Hier in der Mitte, die Espressotasse, das war Robert Wohlmann, der Tote aus der Schwabach. Dieses Plätzchen neben ihm war seine reife Freundin von dem Schloßgartenfest-Bild, deren Namen man nicht kannte. Hier daneben war seine Großmutter, die Roberts Lebenswandel ablehnte. Der nächste Keks war Anja, das weinende junge Mädchen, das offensichtlich auf eine andere Frau eifersüchtig war. Dann kam vielleicht noch ein Unbekannter von der Bergkirchweih hinzu, der möglicherweise mit Roberts Betrügereien zu tun hatte. Der letzte Keks um die Espressotasse war Roberts brave Schwester.

Jutta drückte ihre Zigarette aus. Ihr Finger zeigte genau auf diesen Keks.

„Was ist mit ihr? Sie ist seine Schwester. Sie muß doch am meisten von ihm wissen. Horch sie doch mal aus, ob er selbstmordgefährdet war, ob sie an einen Unfall glaubt, ob er Feinde hatte!"

Lotte schob die Kekse im Kreis um die Espressotasse.

„Dann sag mir mal, wie ich das machen soll. Ich kenne sie ja kaum."

„Lade sie doch einfach mal zum Kaffee ein. Wenn du sie überrumpelst, fällt ihr vielleicht so schnell keine Ausrede ein!"

Lotte schüttelte zweifelnd den Kopf.

Dann klingelte es wieder Sturm. Erst stürmte der Hund kläffend herein, dann rannte Max hinterher, schließlich schlurfte Lisbeth maulend daher. Beide erklärten, sie hätten jetzt Hunger auf ein Leberwurstbrot. Der Hund knurrte wieder Lotte an ... Sie schenkte jedem Kind zehn Mark und war heilfroh, als sie endlich daheim war.

Zu Hause fand Lotte unter ihrer Post einen schwarz umränderten Brief. Auf der Rückseite stand in ordentlicher, runder Mädchenschrift der Absender: Monika Schobert. Lotte riß den Umschlag auf. Die Angehörigen bedankten sich mit einer gedruckten Danksagung für die große Anteilnahme am Tode Robert Wohlmanns, für Kränze, Blumen, ehrende Worte und alle Zeichen der Verbundenheit in schwerer Stunde. Roberts Schwester hatte dem gedruckten Text ein paar persönliche Zeilen beigefügt. Sie bedankte sich auch im Namen ihres Mannes bei Frau Askoleit für ihre so persönlichen, anteilnehmenden Worte und bedauerte es, daß im Trubel der Trauerfeier keine Zeit für ein Gespräch geblieben sei.

Lotte dachte an die Worte ihrer temperamentvollen Nichte. Diese Gelegenheit mußte man nutzen. Sie griff nach Telefonbuch, Lesebrille und Hörer und wählte schließlich entschlossen die Nummer der Familie Schobert.

Am anderen Ende der Leitung meldete sich eine Kinderstimme:

„Hallo, hier ist die Katharina. Wen willstn du sprechen?"

Lotte bemühte sich, einen kindgerechten Ton zu finden, und fragte nach der Mami.

„Die bügelt grade Papas Hemden. Willst du sie sprechen? Dann hol' ich sie."

Lotte hörte eine Kinderstimme „Maaaami!" rufen und hatte schließlich nach einer Weile eine abgehetzte Monika Schobert am Apparat. Eine gewisse Überraschung schien in ihrer Stimme zu liegen, als sie Lottes Namen wiederholte:

„Frau Askoleit?"

Lotte bedankte sich in warmen Worten, daß Frau Schobert in dieser schweren Zeit, wo so vieles zu regeln und zu verwinden sei, so persönliche Worte in ihrer Danksagung gefunden habe. Dann erkundigte sie sich, wie es denn „me-i-j-ner lieben Freundin Käthe" gehe, an die sie so oft denken müsse.

Monika Schobert hatte keine guten Nachrichten. Käthe Wohlmanns Zustand war unverändert ernst. Nun entschloß sich Lotte zum Überraschungscoup:

„Ich fe-i-j-re nächste Woche me-i-j-nen Geburtstag. Ne-i-j-n, ne-i-j-n, ke-i-j-n wichtiger, ke-i-j-n runder. Vielle-i-j-cht finden wir da Zeit, uns ein wenig zu unterhalten. Ich würde mich sehr freuen, wenn Sie mit Ihren Kinderchen kommen könnten. Ein bißchen Leben hier oben im Stift tut uns allen gut. Sie würden mir wirklich eine Freude machen."

Monika Schobert war in der Tat mehr als überrascht. Sie gab zu bedenken, daß sie im Moment noch nicht wisse, ob sie nächste Woche das Auto habe, ihr Mann sei viel auf Dienstreise. Ansonsten natürlich gerne. Darauf war Lotte vorbereitet. Aber das sei doch gar kein Problem. Ihre Nichte komme auch und könnte Frau Schobert und die beiden Kinder problemlos abholen. Sie sei sicher, daß die beiden jungen Frauen sich bestens verstehen würden. So sagte Monika Schobert schließlich zu.

Lotte war sehr zufrieden mit sich. Sie holte sich ein Glas stilles Mineralwasser, legte die müden Beine hoch und begann, auf einem Zettel die Liste der Gäste für ihren achtundsiebzigsten Geburtstag zu vervollständigen.

X

Jutta und die Zwillinge waren in letzter Zeit nur selten einer Meinung. In einem Punkt waren sie sich aber ausnahmsweise einig: Sie sahen den Geburtstagsfestlichkeiten im Stift ohne große Begeisterung entgegen. Jutta war sauer, weil sie ihren „Afro-Dance-Kurs“ ausfallen lassen mußte und womöglich den Anschluß verlor. Außerdem bekam man bei diesen großen Feiern das Geburtstagskind sowieso kaum zu Gesicht und machte nur den ganzen Nachmittag mit wildfremden Menschen vorwiegend über siebzig Konversation. Lisbeth maulte:

„Sag mir mal, was wir bei den ganzen Gruftis solln?“

In seltener Eintracht stimmte Max bei:

„Lauter alte Säcke, Mensch. Außerdem muß ich für Latein lernen.“

„Keine Diskussion, wir gehen da wie jedes Jahr alle hin. Tante Lotte freut sich“, versetzte Jutta.

„Und was isn mit Papa?!“

„Der muß arbeiten, und anschließend hat er Nachtdienst. Der kann nicht.“

„Das is wieder typisch. Der braucht nich“, brummelte Max.

Lisbeth sagte aus Protest gar nichts mehr, knallte die Tür zu ihrem Zimmer zu und begann ein einstündiges Telefongespräch mit ihrer besten Freundin, in dem sich die beiden über das Unverständnis ihrer jeweiligen Erziehungsberechtigten austauschten.

„Laß uns wenigstens den Dackel mitnehmen, Mami. Dann wird's lustig“, bettelte Max.

„Du spinnst wohl, willst du den ganzen Laden aufmischen, Sohn?“ fauchte Jutta. Darauf verschwand auch Max beleidigt auf seinem Zimmer und drehte die Musik auf volle Lautstärke.

Dann war da noch das leidige Problem mit dem Geburtstagsgeschenk. Jürgen meinte: „Schenk ihr doch einen schönen Bildband.“ Jutta sah ihn giftig an und erwiderte, das habe er die letzten fünf Jahre auch vorgeschlagen. Schließlich hatte Jürgen aber doch eine Idee.

„Onkel Karl hat doch damals zur Pensionierung von der Firma einen Plattenspieler geschenkt bekommen, und Tante Lotte hört sich immer noch die alten Opernplatten an. Demnächst findet doch das Theaterfestival statt. Ich habe gelesen, daß dabei auch eine Oper im Markgrafentheater aufgeführt werden soll. Wie wär's, wenn wir sie dazu einladen? Wir gehen hinterher noch was essen und ein Glas Wein trinken. Sie kommt mal ein bißchen raus, das tut ihr gut, und wir schenken ihr nicht wieder irgendeinen Blödsinn, der nur rumsteht.“

Jutta war wenig begeistert. Das erste und letzte Mal war sie als junges Mädchen in einer Oper in Nürnberg gewesen, einer Schulaufführung von „Carmen“. Sie erinnerte sich nur noch dunkel, daß die füllige, schon angejahrte Hauptdarstellerin mit ihrem ebenfalls nicht sehr attraktiven Ex-Liebhaber sang und sang und starb und starb, und sie, Jutta, sich nichts sehnlicher wünschte, als daß der Ex-Liebhaber seiner Carmen endlich mit dem Messer den Garaus machte.

In Ermangelung einer besseren Idee besorgte Jutta aber schließlich doch drei Opernkarten für Tante Lotte, Jürgen und sich selbst. Es waren sehr gute Karten, vorne in der Proszeniumsloge, für die Premiere. Sie verpackte sie in einem hellblauen Briefumschlag und schrieb darauf: *„Gutschein für einen hoffentlich wunderschönen Opernabend! Alles*

Gute zum Geburtstag, liebe Tante Lotte! Deine Jutta, Jürgen, Lisbeth und Max".

Das Mittagessen am Tag von Lottes Geburtstag stand bei der Familie Kallfels im Zeichen der Kleidungsfrage. Jutta bestand darauf, daß Lisbeth den Nasenring herausnahm, wenigstens einen Teil der Schminke entfernte und etwas anderes anzog. Lisbeth war so sauer, daß sie schließlich, trotz der Wärme, in Tiefschwarz gehüllt, mit einem langen, überweiten Kapuzenpulli und Leichenbittermiene wieder auftauchte.

Max wollte sich nicht von seinem Hemd trennen mit der Aufschrift *„Lieber einmal mit Schneewittchen als siebenmal mit den Zwergen".* Schließlich ließ er sich aber doch erweichen, ein anderes Stück aus seiner Kollektion anzuziehen. Jutta schien die Aufschrift *„Wo ich bin ist das Chaos, aber ich kann ja nicht überall sein"* für den gegebenen Anlaß doch weniger anstößig zu sein.

Dann brachen sie auf. Monika Schobert hatte am Vortag wissen lassen, sie habe zwar kein Auto, werde aber mit ihren Kindern mit dem Bus kommen. Allerdings könne es ein wenig später werden.

Als die Kallfels-Familie in der obersten Etage des Stifts ankam, wo sich die Räumlichkeiten für derartige Feierlichkeiten befanden, herrschte schon rege Betriebsamkeit. Obwohl die Geburtstagsfeier erst um halb vier Uhr beginnen sollte, waren etliche der eingeladenen Senioren schon nach Beendigung ihres Mittagsschlafes gegen drei Uhr erschienen.

Jetzt, um halb vier, waren alle bereits vollzählig versammelt und verfolgten mit Interesse den Einzug von Lottes Verwandtschaft. Jutta war sich klar, daß sie mit ihren zwei halbwüchsigen Rüpeln keinen großen Eindruck machen konnte, auch wenn sie den beiden kurz zuvor noch zugezischt hatte, sich doch wenigstens um Gottes willen dies eine Mal anständig zu benehmen und sie nicht bis auf die Knochen zu blamieren.

Lotte sah gut aus inmitten ihrer Blumen und Geschenkpäckchen. Sie hatte ein dunkelblaues Kleid mit weißem Kragen und einer Seidenblume an, dazu den schönsten Goldschmuck von ihrem Karl. Die Wangen waren rosig, die Augen glänzten. Sie genoß diesen Tag und schien sich sogar ehrlich über die Idee mit dem gemeinsamen Opernbesuch zu freuen. Sie wies den dreien ihren Platz an einem Tisch an, an dem noch drei Plätze für Monika Schobert und deren beide Kinder frei waren.

Die Gäste warteten schon mit Unruhe auf den Beginn des Kaffeetrinkens. Zuvor wollte Lotte aber noch ein paar Worte sprechen; da sie aufgeregt war, verfiel sie ab und an in ihren ostpreußischen Dialekt. Sie dankte allen für ihr Kommen, für die guten Wünsche und Geschenke. Sie sprach gerührt und mit zitternder Stimme von ihrem lieben, unvergessenen Karl, der ihr an ihrem Ehrentag besonders an ihrer Seite fehle, und bedauerte, daß ihr lieber Neffe, der Oberarzt, nicht kommen konnte, da er in der Klinik unabkömmlich sei. Die Senioren nickten anerkennend und verständnisvoll. Dann wünschte Lotte einen schönen Nachmittag und einen guten Appetit.

Zwei Bedienungen erschienen mit großen Kannen, und die Gäste stürzten sich auf die bereitstehenden Platten mit Torten und Gebäck. Max schlang in affenartiger Geschwindigkeit drei Stück Punschtorte in sich hinein. Lisbeth maulte, ihr Kuchen sei „arschtrocken".

„Der ist ja auch für Diabetiker", erläuterte die Bedienung, die gerade mit ihrer Kanne erschien.

Darauf legte Lisbeth beleidigt die Kuchengabel weg und begann gelangweilt an die Decke zu starren. Jutta bestellte sich einen Cappuccino. „Ham wir nich. Wir ham nur Kaffee, Tee oder Hag", versetzte die Bedienung.

„Na klasse", seufzte Jutta, ließ sich aus der großen Kanne einen Kaffee einschenken und zündete sich unter den mißbilligenden Blicken der Geburtstagsgesellschaft eine Zigarette an.

Nachdem alle ihren Hunger gestillt hatten, erhob sich eine der anwesenden Stiftsdamen, die Witwe eines Oberstudiendirektors, und trug für „ihr liebes Lottchen" ein Gedicht vor. Alle schienen es zu kennen, waren aber trotzdem begeistert:

„Achtundsiebzig Jahre bist du jung.
Munter, frisch und voller Schwung.
Darum freuen uns mit Dir
recht von ganzem Herzen wir,
Deine stets getreuen Lieben.
Was wohl alles mag geschrieben
Stehn auf deinem neuen Lebensblatt?
Was Fortuna für Dich hat
Wohl in ihrem Füllhorn drin?
Glück und Lachen, froher Sinn
Gesundheit, die wie Rosen blüht,
Und ein sonniges Gemüt!
Heute sind wir alle da,
um mit Dir recht froh zu sein.
Stimmet alle mit uns ein:
‚Kinder, das ist wunderschön,
's ist, um auf dem Kopf zu stehn!'
Was im Leben du geschafft,
frisch und froh aus eigner Kraft,
das ist einfach wunderbar.
Und so bleib's noch manches Jahr."

Und die ganze Festgesellschaft stimmte einmütig und aus vollem Herzen ein:

„Kinder, das ist wunderbar!"

Max murmelte gerade: „Die sin ja wohl alle behämmert hier", da ging die Türe auf, und Monika Schobert samt ihren Kleinen trat ein. Alle Blicke wandten sich ihr zu.

Sie stand etwas unsicher in der Tür, an jeder Hand ein Mädchen. Das eine mochte vier Jahre sein, das andere sieben. Alle drei hatten selbstgestrickte Pullover an mit dem gleichen Motiv, einem Teddybären, darauf. Monika Schobert trug dazu, wohl als Zeichen der Trauerzeit, einen schwarzen dreiviertellangen Wickelrock, dunkle Strümpfe und Schuhe. Die größere Tochter hielt einen Wiesenblumenstrauß in der Hand, um den die Mama eine bunte Serviette drapiert hatte. Die Kleinere hatte um das eine Handgelenk einen Luftballon eines ortsansässigen Schuhgeschäfts und streckte mit der anderen Hand der herbeieilenden Lotte ein zusammengewickeltes Stück Papier mit einer Schleife entgegen.

Die Neuankömmlinge gratulierten dem Geburtstagskind und überreichten die Blumen. Lotte war gerührt. Sie liebte Wiesenblumen. Die erinnerten sie an zu Hause. Dann betrachtete sie das aufgerollte Papier. Katharinalein schenkte Lotte ein Bild, das sie im Kindergarten gemalt hatte – ein buntes Gekrakel, das sie Lotte voll Eifer erläuterte:

„Da wohnen wir, das is der Garten, das is die Mama un das is der Papa un das bin ich un das is die Nicole un das is unser Hase, der heißt Fridolin." In einer Aufwallung fügte sie hinzu: „Und das schenk' ich dir auch noch", und streckte Lotte den Luftballon entgegen.

Die gesamte Geburtstagsgesellschaft war zutiefst gerührt. Diese reizenden Kinder mit ihrer jungen Mutti! So ein wunderschöner Anblick! Selbst Jutta mußte zugeben, daß Monika Schoberts Auftritt mit ihren zwei Kleinen wesentlich besser ankam als ihr eigener mit ihren beiden schlurfenden, mißmutigen Halbwüchsigen. Da tröstete nur die Gewißheit, daß aus den reizenden Mädchen in den selbstgestrickten Pullis eines Tages auch nölende, angelaschte, wandelnde Erziehungsprobleme werden würden.

Lotte geleitete die junge Familie an Juttas Tisch und machte die beiden Frauen bekannt. Max und Lisbeth zeigten kaum eine Reaktion, geschweige denn ein Interesse an den Neuankömmlingen.

Monika Schobert sank erschöpft auf den Stuhl und stellte ihre zwei Leinentaschen daneben. Sie versorgte erst einmal ihre Kinder mit Kuchen, schob der Kleinen den Stuhl näher heran und ermahnte die beiden, ordentlich zu essen. Dann schien sie sich ein wenig zu entspannen.

Jutta erkundigte sich freundlich, ob die drei denn problemlos hergefunden hätten. Frau Schobert erzählte, sie habe erst noch in der Stadt mit den Kindern neue Turnschuhe für das Kinderturnen kaufen müssen, und die Fahrt mit dem Bus zum Stift sei doch umständlicher gewesen, als gedacht.

Jutta erkundigte sich nach dem Alter der beiden Mädchen, und es entspann sich ein Gespräch über die Grundschullehrerin der Großen, die Vor- und Nachteile des Schreibenlernens mit Füller oder Bleistift in der ersten Jahrgangsstufe und die schwierigen Rechenmethoden der Mengenlehre, mit denen man den Kleinen zusetzte.

Das Gespräch wandte sich dann der Situation in Katharinaleins Kindergarten zu. Papa Schobert hatte trotz seiner beruflichen Anspannung („Papi baut den ganzen Tag Fabriken", erklärte Nicole) mitgeholfen, mit anderen Vatis am Wochenende ein neues Spielgerüst aufzustellen. Als nächstes war die Einrichtung eines „Erfahrungsfeldes" geplant. Dort sollten die Kinder barfuß über Kies, Sand, Rindenmulch und Baumstämme balancieren können und so ihre sinnlichen Wahrnehmungskräfte schulen.

Dann gab es da noch ein aktuelles Problem. Monika Schobert berichtete, daß erst gestern abend ein Elternabend im Kindergarten stattgefunden hatte. Die Muttis (Vatis waren leider nicht gekommen) hatten (auf den kleinen Kindergartenstühlchen sitzend) lange darüber diskutiert, ob man nicht einen wöchentlichen Gesundheitstag einrichten sollte, wo die Kinder gemeinsam ihr Müslifrühstück selbst zubereiteten. An dieser Stelle schaltete sich Max kurzzeitig in die Unterhaltung ein:

„Körnerfutter macht zwar blöde, aber stopft nicht."

Damit war sein Beitrag zur Konversation wieder beendet. Lisbeth sagte gar nichts.

Leider hatte man sich im Kindergarten nicht einigen können, ob man für die Kleinen ein industriell vorgefertigtes Müsli (wegen des Zuckergehalts!) oder eine selbst zusammengestellte Mischung (dann brauchte man einen Plan, wann welche Mutti das Müsli in welcher Zusammensetzung jeweils mischen sollte!) den Kindern anbieten sollte. So hatte man das Problem erst einmal vertagt, sich aber auf Anregung der Kindergärtnerin einigen können, den renommierten Spielliedpädagogen Detlev Böckel-Adam, den bekannten Autoren des „Flummiliedes", einzuladen. Er sollte den Muttis demnächst etwas über den kreativen Umgang mit neuen Kinderliedern erzählen.

Jutta hatte den Eindruck, daß das Gespräch langsam aus dem Ruder lief. Schließlich hatte man Monika Schobert nicht ohne Hintergedanken eingeladen, aber die war, so dachte Jutta, ein typisches Muttertier, blaß, aufopferungsvoll, ohne Pep und ganz Mutti.

Schließlich trat Lotte, die an jedem Tisch ein wenig plauderte, zu den jungen Frauen. Monika Schobert bedankte sich nochmals für die freundliche Einladung und erkundigte sich, was Lotte denn so zum Geburtstag geschenkt bekommen habe.

„Opernkarten? Wie schön. Mein Mann macht sich leider aus so etwas nichts. Er ist mit Leib und Seele Techniker. Er liest lieber seine PC-Zeitschriften und bastelt an unserer Computeranlage. Er hat ein tolles Rechtschreibprogramm zum Üben für unsere Große geschrieben. Gell, das ist toll, Nicolchen?"

Sie wischte Nicolchen den Kuchenmund ab.

„Stellen Sie sich vor, mein Mann hat auch ein Programm entwickelt, das den täglichen Heizölverbrauch in Abhängigkeit von der durchschnittlichen Außentemperatur erfaßt. Das koppelt er mit den täglichen Heizölpreisen am Markt. Ist das nicht toll?"

„Und was soll das?" fragte Jutta tonlos.

„Er meint, wenn er erst einen Überblick über mehrere Jahre hat, können wir viel besser den günstigsten Zeitpunkt für den Heizölkauf bestimmen. Wir haben gebaut, und da muß man doch etwas aufs Geld schauen."

„Ist ja toll", sagte Jutta.

Lotte nickte den Frauen freundlich zu und ging zum nächsten Tisch weiter.

„Er möchte gerne, daß ich mich auch endlich in die Materie einarbeite, damit ich mein Haushaltsbuch am Computer führen kann. Er sagt, das kann jeder, und es wäre wegen der Statistik besser. Er meint, ich solle einen Computerkurs bei der Volkshochschule machen ... Ich weiß nicht ... Ich möchte eigentlich lieber töpfern lernen."

Jutta verdrehte die Augen. Sie liebte es zwar, Kurse zu machen. Aber sie hatte noch nie Lust verspürt, töpfern zu lernen. Sie stellte sich vor, wie Monika Schoberts Heim und Garten bald bevölkert sein würden mit lauter lustigen selbstgetöpferten Mäuschen, Maikäferchen, Blumentöpfchen und Blumenväschen, dazwischen saß wahrscheinlich eine glückliche Monika Schobert und strickte weitere süße Pullöverchen für ihre süßen Töchterchen.

„Rauchen Sie?“ fragte sie unvermittelt und zündete sich eine Zigarette an.

„Nein, um Gottes willen. Das würde mein Mann nie gutheißen. Er ist Sportler und raucht auch nicht.“

„Und Ihr Bruder, hat der geraucht?“

Diese abrupte Gesprächswendung war sicher nicht sehr diplomatisch, aber Jutta wollte endlich zum Thema kommen. Monika Schobert rührte nervös in ihrer Kaffeetasse.

„Ja, leider ja. Er ist, er war in vielem anders als ich.“

„Ein Haushaltsbuch hätte er wohl auch nicht geführt“, versetzte Jutta freundschaftlich.

„Bestimmt nicht. Er war so ein unkonventioneller Typ, ganz anders als ich.“

Ihre Augen schimmerten feucht.

„Ich erinnere mich, wir waren noch Kinder. Unsere Eltern haben uns nach Sylt ins Ferienlager geschickt. Jeder hat etwas Taschengeld für die drei Wochen mitbekommen. Robert hat gleich am zweiten Tag ein paar der hübschesten Mädchen in die Eisdiele eingeladen und sein ganzes Geld ausgegeben. Dann hat er mich um mein Taschengeld angepumpt. Nach ein paar Tagen waren wir beide pleite. Nein, er hatte kein Verhältnis zu Geld.“

„Ich habe neulich zufällig ein Bild von Ihrem Bruder gesehen. Er sah gut aus – ein Frauentyp.“

„Finden Sie? Ich fand diesen Pferdeschwanz irgendwie albern.“

„Kannten Sie seine letzte Freundin?“

Jetzt wurde die blasse Monika erstaunlich lebendig und resolut, Jutta war wohl zu weit gegangen.

„Er ist tot. Warum interessieren Sie sich eigentlich für ihn? Lassen Sie ihn doch in Frieden.“

„Onkel Robbi is in Himmi“, ergänzte Katharinalein.

„Wir haben ihn alle ganz toll lieb gehabt, gell Kinder?“

Die beiden Mädchen nickten. Monika kramte in einem ihrer Leinenbeutel und holte Buntstifte und Papier für die beiden heraus.

Die Stimmung der Geburtstagsgesellschaft rundum hatte sich inzwischen gelockert. Statt Hag servierte die Bedienung mittlerweile Pils und Frankenwein. Die zwei Mädchen bekamen noch einen Apfelsaft. Lisbeth nölte, sie wolle endlich heim, sie müsse telefonieren. Max fragte, ob es nicht wenigstens hier irgendwo einen Flipper gäbe.

Das Gespräch zwischen Jutta Kallfels und Monika Schobert zog sich nach dem letzten angespannten Wortwechsel zäh wie Kaugummi dahin. Monika sah nervös auf die Uhr. Ihr Mann wollte gegen fünf Uhr mit dem Wagen vorbeikommen und seine Familie mit nach Hause nehmen. Es war schon zehn Minuten nach fünf. Jutta dachte im stillen, so arg sei es mit der Arbeitsbelastung von Herrn Schobert auch nicht, wenn er die Firma so pünktlich verlassen konnte.

Lotte Askoleit nahte wieder einmal, setzte sich zu den beiden Frauen und erkundigte sich, ob denn Monikas Gatte ihr heute auch noch die Freude machen würde, eine Tasse Kaffee mit zu trinken. Und was er denn beruflich so mache. Ach, auch bei der Firma, wie Karl, ihr verstorbener Mann? Auch Diplomingenieur, was für ein Zufall! Anlagentechnik? Na, so hieß das damals noch nicht. Da hätte er doch bestimmt einen schönen Posten?

O ja, erwiderte Monika, er habe viel zu tun. Sei fast schon Gruppenleiter geworden. Aber diese Intrigen, diese Seilschaften, das schlage ihrem Mann doch sehr auf den Magen. Er erwäge sogar, sich selbständig zu machen. Das Zeug dazu habe er sicher. Lotte nickte verständnisvoll und aufmunternd.

Und dann stand Herr Schobert in der Tür. Ein Mann um die vierzig, in Jackett und Schlips. Er sah aus wie die vielen tausend anderen, die jeden Morgen von den unzähligen Bürogebäuden der Stadt verschluckt wurden, wo sie ihren grauen Alltag verbrachten. Eingesperrt zwischen Bilanzen, Geschäftsberichten, Reisekostenabrechnungen, Essensplänen und an Migräne leidenden Sekretärinnen. Zwischen Aktenordnern und Computerbildschirmen, karrieregeilen Überfliegern, mißgünstigen Kollegen und surrenden Klimaanlagen. Vom Termindruck gequält, von Erfolgszwängen und Entlassungsängsten zermürbt, von Magenschmerzen, Bandscheibenproblemen und Verstopfung geplagt, mit dem öden Gefühl, im Dienst der Firma noch jahrelang ausharren zu müssen, nur in der Hoffnung, daß irgendwann, mit einer „schönen Betriebsrente", das Leben anfinge.

In Juttas Augen war der, der da hereinkam, der typische „Siemensindianer", in einer korrekten Kombination aus hellem Sakko, Krawatte und Bügelfaltenhose, tipptopp vom Scheitel bis zur Sohle, gestreßt und blaß. Sie tippte auf Magen-Darmprobleme. Der Trapper, der Bärentöter und Fallensteller kehrte heim von der Pirsch, zurück zu seinem Weibchen und den Jungen in die Höhle.

Lotte nahm ihn sofort in Beschlag und versuchte, ihn auf einen Moment hereinzubitten. Doch Herr Schobert wehrte freundlich ab. Er habe noch Akten im Auto, dringende Terminsachen, er bedaure sehr. Monika Schobert raffte Malsachen, Stoffbeutel und Kinder zusammen, dankte und verabschiedete sich hastig, während die zwei Mädchen dem Papa schon entgegenliefen.

XI

Am nächsten Nachmittag rief Jürgen noch aus der Klinik bei Lotte an. Er hatte einen scheußlichen Nachtdienst hinter sich. Alles, was schiefgehen und passieren konnte, war passiert. Früher hatten ihm solche Nächte nicht soviel ausgemacht. Wenigstens konnte er heute ein bißchen früher aus der Klinik heraus. Siedendheiß fiel ihm ein, daß er noch nicht einmal Tante Lotte zu ihrem gestrigen Geburtstag gratuliert hatte.

Er hörte schon an ihrer Stimme, daß sie äußerst pikiert war. Du lieber Himmel, dachte sie denn, daß er sich zum Spaß die Nächte in der Klinik um die Ohren schlug? – Ein kleiner Ausflug als Entschädigung, jetzt gleich? – Nein, unmöglich, die Fußpflegerin wartete. Jürgen legte seufzend auf.

Zwei Minuten später klingelte das Telefon erneut.

„Raten Sie mal, wer dran ist!" feixte die Krankenschwester.

„Es tut mir le-i-j-d, mein Junge. Ich bin ein dummes altes We-i-j-b. Warum wird man nur im Alter so unflexibel?! Ich habe die Fußpflege abgesagt, wenn du schon mal Zeit hast."

Wenig später saßen sie in Jürgens Wagen. Direkt hinter dem Stift wand sich die Straße in engen Kurven zwischen Eichen und Buchen den Berg hoch.

Sonnenkringel vibrierten auf dem Asphalt. Oben, auf dem Bergrücken, gleißte das Licht – wogendes Getreide, frisch gemähte Wiesen, Kirschbäume, rot von Früchten, Margeriten und Holunder an den Böschungen, Heckenrosen in voller Pracht, der alte Baum, vom Blitz getroffen, noch immer an der höchsten Stelle.

In Atzelsberg bog Jürgen nach links ab. Lotte sah den Schloßhof und das kleine Schloß liegen, in dem die Erlanger ihre Feste zu feiern pflegten. Plakate an der Straße kündigten das hundertjährige Jubiläum der Freiwilligen Feuerwehr an, luden zu Gottesdienst, Fahnenweihe und Festbetrieb im Bierzelt mit den „Lustigen Aischtalern".

Die Straße schlängelte sich zwischen den niedrigen Bauernhäusern hindurch, vorbei an Gärten mit Gemüse, Schwertlilien und grellem Gartenmohn, und tauchte dann ins nächste Tal ein. Lotte sah ein Getreidefeld, überschwemmt von leuchtenden Kornblumen, wie in ihrer Kindheit. Ganz im Grund lag der kleine See. Jürgen hielt an, und sie stiegen aus. Ein Entenpaar stand stoisch am Straßenrand. Als die beiden näher kamen, flogen die Vögel quakend auf und tauchten ins Wasser. Schilf wucherte, gelbe Seerosen machten sich breit. Da war nichts als Sonne und Vogelgezwitscher.

Sie fuhren die Windungen des Berges nach Adlitz hoch. Der alte Sandsteinquaderbau des Schlosses mit dem steinernen Wappen über der Tür hatte die Verwüstungen des Markgrafenkrieges und des Dreißigjährigen Krieges überstanden. Die Holzläden waren geschlossen. Jetzt wohnte ein Hamburger Lehrer an den Wochenenden hier und mühte sich, das alte Schloß zu erhalten.

Auf dem Parkplatz hinter dem Gasthaus war kaum ein Platz zu finden. Cabrios, BMWs, Kombis und alte Polos standen dicht an dicht. Auf den breiten Holzbänken unter dem Walnußbaum saßen Studenten in Bermudas, Fahrradfahrer mit neonfarbenen Stretchhosen und verspiegelten Brillen, Rentner mit Hunden. Man trank Weizenbier, Kaffee und den ersten leuchtenden, süßen, schweren Beerenwein.

In der Küche, hinter der Durchreiche, wo man sich das Essen holen mußte, standen auf den drei riesigen Herden schwere Pfannen mit Bratwürsten sowie gewaltige, dampfende Töpfe mit Klößen, Kraut, Leberknödelsuppe, Rinderrouladen und Hirschbraten. Kräftige ältere Frauen im „Scherza", der ärmellosen, durchknöpfbaren – je nach Familienstand bunten oder schwarzweiß gesprenkelten – Küchenschürze (dem Abzeichen der regsamen fränkischen Hausfrau), häuften mit resoluten Bewegungen Klöße, Bratkartoffeln und Fleisch auf die Teller. Jürgen und Lotte entschieden sich aus alter Tradition für die kräftig mit Majoran gewürzten Bratwürste. Jürgen balancierte das Essen, Lotte folgte mit ihrem Stock.

Es waren gerade noch zwei Plätze frei, direkt vorne am Jägerzaun, vor den niedrig gestutzten Büschen, die den Blick freigaben übers Land.

„Allmächt, is des schee", sagte jemand neben Lotte. Da unten lag zwischen Feldern, Wiesen und kleinen Weihern ein Gehöft. Wie an einer Schnur reihten sich dahinter zwischen lichten Wäldern die Orte auf – Baiersdorf, Langensendelbach, Forchheim. In der Weite verschwammen die sanften fränkischen Hügel bläulich im Nachmittagsdunst. Darüber weiße Wölkchen, schwirrende Schwalben. Lotte war überwältigt von so viel Schönheit. Ein Gedicht, das sie liebte und das sie an ihre Heimat erinnerte, fiel ihr ein:

Schön wie niemals sah ich jüngst die Erde.
Einer Insel gleich trieb sie im Winde.
Prangend trug sie durch den reinen Himmel
Ihrer Jugend wunderbaren Glanz.
Funkelnd lagen ihre blauen Seen,
Ihre Ströme zwischen Wiesenufern.
Rauschen ging durch ihre lichten Wälder,
Große Vögel folgten ihrem Flug ...

Unaufhörlich trieb die junge Erde
Durch das siebenfache Licht des Himmels;
Flüchtig nur wie einer Wolke Schatten
Lag auf ihrem Angesicht die Nacht.

Sie drückte Jürgen den Arm, „carpe diem, carpe diem, mein Lieber“. Und dann, ganz gerührt: „Ich danke dir.“

Eigentlich wollte sie ihn noch um etwas bitten, aber sie beschloß, das zu verschieben.

XII

„Waaas willst du? Sag das bitte noch mal ... Nein, nein, und nochmals nein, das kannst du vergessen. Ausgeschlossen. Tut mir leid. Die Karten sind seit Wochen verteilt. Wenn du wüßtest, was das jedes Jahr für ein Gerangel in der Klinik ist, weil sich immer irgendwelche Leute benachteiligt fühlen. Das ist schlimmer, als wenn du an eine Karte für Bayreuth kommen willst. Wirklich Tante Lotte, es tut mir leid."

Und nach einer Pause: „Sag mal, für wen brauchst du denn die Karte? Für dich? Was in drei Teufels Namen willst du auf dem Schloßgartenfest? Da warst du doch noch nie! Das ist ein Ball, was sage ich, der Ball überhaupt! Darf ich dich erinnern, daß du starke Arthrose hast? ... Egal? Was heißt, das ist dir egal? Du bist doch sonst so auf deine Gesundheit bedacht! Ich verstehe überhaupt nichts mehr ...

Du willst die Frau auf dem Foto vom letzten Jahr finden? Mit der Robby getanzt hat? Liebe Tante Lotte, in aller Freundschaft, da hast du dich in etwas verrannt. Laß den Unsinn. Im übrigen habe ich hier einen Berg Arbeit. Ich kann dir wirklich nicht helfen ... Was heißt, ich habe noch etwas wiedergutzumachen? Die Sache mit der Bierprobe? Na, na, ‚alkoholischer Exzeß' ist ja wohl übertrieben. Ich habe den Abend eben genossen. Außerdem wäre bei der Suche nach dem ominösen Bekannten von diesem Robert Wohlmann sowieso nichts herausgekommen ...

Tante Lotte, ich bitte dich, ich bin wirklich furchtbar im Streß. Diese Klinik ist ein Irrenhaus ... Also gut, ich werde es versuchen ..."

Woher zwei Wochen vor dem Schloßgartenfest noch eine Karte nehmen? Dr. Jürgen Kallfels fragte sich bei allen Kollegen durch, bei den PJ-lern, den Studenten, den Stationsschwestern, den Pflegern, den Endoskopie- und Röntgenassistentinnen, ja er telefonierte sogar mit dem Vorzimmer des Universitätspräsidenten und schilderte den tragischen Fall einer alten Dame, deren letzter Wunsch es sei, noch einmal auf dem Schloßgartenfest zu tanzen. Es war aussichtslos, die Liste vorgemerkter Freunde der Universität allzu lang. Alle die er fragte, waren noch auf der Suche nach Karten für sich selbst, für Bruder, Neffe, Schwiegermutter oder Bekannte.

Er gab sogar eine Kleinanzeige in der Tageszeitung auf. *„Eine Karte für Schloßgartenfest gesucht. Zahle gut."* Er fand seine Annonce am nächsten Tag zwischen fünf anderen, die das gleiche Anliegen hatten.

Es war der Zufall, der ihm zu Hilfe kam. Während er in seiner Mittagspause vom Arztzimmer aus telefonisch wieder einmal eine Kartenfährte verfolgte, sagte die Putzfrau, die gerade den Papierkorb ausleerte: „Du suchen Karte? Ich dir besorgen."

Es ergab sich, daß der Bruder der Putzfrau einen Bekannten hatte, der hatte eine Schwester, und die hatte eine Freundin, die auf der Entbindungsstation arbeitete, die wiederum hatte eine Patientin, die ihr Kind vier Wochen zu früh bekommen hatte, und die hatte zwei Karten.

Am nächsten Tag war der Deal gemacht. Jürgen hielt aufatmend zwei Karten für das Schloßgartenfest in der Hand. Es war allerdings teurer geworden, denn der Bekannte des Bruders der Putzfrau hatte Provision verlangt.

„Ich hab' sie, die zwei Karten", teilte er seiner Tante triumphierend am Telefon mit.

„Na also", erwiderte diese gelassen, als sei das die selbstverständlichste Sache der Welt. „Ich brauche aber

nur eine. Die andere kannst du wieder zurückgeben."
„Wie ... zurückgeben? Wie stellst du dir denn das nun wieder vor? Sag mir einen Menschen, der alleine aufs Schloßgartenfest geht. Du wirst dir schon einen Partner suchen müssen, wenn du da unbedingt hinwillst."

Lotte geriet völlig aus dem Häuschen. Diese Konsequenz hatte sie nicht bedacht. Sie konferierte mehrmals am Tag telefonisch mit Jürgen in der Klinik und Jutta zu Hause, was zu tun sei. Die zweite Karte verfallen lassen, mit Jürgen und Jutta mitgehen und sich „einfach zu dritt einen gemütlichen Abend machen"?

Jutta bedeutete ihr massiv, daß sie vorhabe zu tanzen und sich zu amüsieren und nicht den ganzen Abend neben Lotte sitzen bleiben wolle. Ob sie sich denn überlegt habe, daß es auf so einem Gartenfest unter Umständen ganz schön kühl und zugig sein könne? Lotte war nicht zu beirren.

Als nächstes holte sie Jürgen telefonisch von einer Krankenvisite weg, um ihn zu fragen, ob sie vielleicht ihren Tischnachbarn, Herrn Oberingenieur Wolf, fragen solle. Der sei aber weit in die Achtzig, habe den grauen Star und sei schwerhörig. Jürgen riet ab.

Beim nächsten Gespräch, das Jürgen während einer Konferenz mit dem Klinikchef unterbrach, fragte sie an, ob man nicht auch eine weibliche Begleitung mitnehmen könne, sie denke an ihre Französischlehrerin Frau Dr. Grabert, die sich bestimmt resolut und sicher auf dem gesellschaftlichen Parkett bewegen könne. Jürgen riet entnervt wieder ab.

Beim nächsten Telefonat schlug sie Professor Dr. Abels, den emeritierten Pathologen vor.

„Wenn du den mitbringst, dann komme ich nicht. Der hat mich damals fast durchs Examen fallen lassen."

Beim nächsten Telefonat war sie schließlich in Tränen

aufgelöst. Mehr Männer, die in Frage kamen, gab es hier oben nicht.

„Frag doch einfach Otto", schlug Jutta beim Abendessen vor. Otto war Jürgens Vater, derzeit Strohwitwer, weil seine Gattin ihre Schwester im Schwäbischen besuchte, und immer unternehmungslustig.

„Mein Gott, Jutta, Otto ist fast acht Jahre jünger als Lotte. Der tanzt sie in Grund und Boden. Sie braucht was Ruhiges, Gesetztes, am besten auch mit Arthrose." Da fiel ihnen aber nichts ein. So blieb es bei Otto.

„Schade, schade, a Gaudi wär's scho, aber es geht halt net. Da singt der Trientiner Bergsteigerchor in der Stadthalle. Da muß i hin. Weißt scho: La Montanara – ho – die Berge, sie grüßen dich", intonierte Otto durch den Telefonhörer.

Doch Otto war ein umgänglicher Mann und seinem Sohn zuliebe bereit, auf das Konzert zu verzichten und Lotte Askoleit zu begleiten. Jürgen versprach, ihm eine schöne CD vom Trientiner Bergsteigerchor zu besorgen.

Die nächsten Telefongespräche zwischen Lotte und Jutta standen im Zeichen der Kleiderfrage. Abendkleidmäßig war Lotte schlecht bestückt. Ein neues? Das lohnte sich doch nicht! Das von Jürgens und Juttas Hochzeit? Paßte nicht mehr. Das blaue dreiviertellange vom Siemens-Jubiläumsball? Zu jugendlich. Blieb nur der schwarze Taftrock mit einer der unzähligen Schleifenblusen. Na, für den einen Abend würde es schon gehen. Als nächstes wurde die Friseuse telefonisch in Kenntnis gesetzt.

„Ich brauche am nächsten Samstag eine Ballfrisur." Lotte sprach langsam und bedeutungsvoll, um der Friseuse am Telefon die Tragweite dieser Tatsache deutlich zu machen.

Am Tag vor dem Schloßgartenfest machte sich Lotte auf den Weg in die Stadt, um den Ort des festlichen Ereignisses in Augenschein zu nehmen. Drei große hölzerne Plattformen für die Tänzer waren vor dem Kollegienhaus und an zwei Stellen des Gartens unter den alten Bäumen errichtet. Lange bunte Lichterketten zogen sich vom Hugenottenbrunnen nach allen Seiten. Die Beete waren säuberlich mit bunten Sommerblumen bepflanzt. Rabatten mit kunstvollen Mustern aus Geranien, Lobelien, Tagetes und Pantoffelblumen umsäumten das große Rondell um den Brunnen.

Die riesigen Palmenkübel hatte man schon vor Wochen aus ihrem Winterquartier in die Sonne vor die Orangerie gerückt, in der einst die Hofgärtner zweihundert Orangenbäume, Feigen, Granatapfelbäume, Myrten, Zypressen, Lorbeer- und Mandelbäumchen für den Markgrafen überwinterten.

Lange Reihen von Tischen und Bänken zogen sich entlang der Wege. Die ersten Bier-Lkws rollten an, überall waren Handwerker beschäftigt, legten elektrische Leitungen, klopften letzte Bretter fest. Lotte hatte das Gefühl, alles laufe wie am Schnürchen. Sie freute sich wie ein Kind auf den morgigen Abend.

Als sie am nächsten Vormittag mit geröteten Ohren und gut festgesprühter „Ballfrisur" aus dem Frisiersalon trat, tröpfelte es. Als sie mit dem Bus zu Hause ankam, war aus dem Tröpfeln erst ein Nieseln und dann aus dem Nieseln ein Landregen geworden. Lotte war fassungslos. Wochenlang schönes Wetter, ja unerträgliche Hitze – und nun das!

„Ja, was wird denn nun, Juttalein?"

„Was wird schon werden? Es fällt aus, das heißt, es wird um eine Woche verschoben, gerade kam die Durchsage im Radio."

„Und meine teure Ballfrisur?"

„Das war Pech, Tante Lotte."

„Und wenn es nächste Woche wieder regnet?"

„Dann war's das für dies Jahr. Aber keine Panik, Tante Lotte, das hat es fast noch nie gegeben. Mußt dich halt noch eine Woche gedulden, bis du mit Otto das Tanzbein schwingen kannst."

Ab Montag hörte Lotte regelmäßig den Wetterbericht. Erst war er trostlos. Tief „Olga" saß über Mitteleuropa fest. Ab Donnerstag wurde es besser. Der Regen hörte auf, aber es sollte kühl bleiben. Freitag kam kurz die Sonne durch. Im Schloßgarten trockneten Rasen, Bänke und Tanzböden. Die Vorbereitungen liefen noch einmal an: Bier, Eis, Champagner, Würste, Braten, Brezen, Musikanlagen, Feuerwerkskörper.

Am Freitag tauchte Lotte in der Klinik auf und verlangte ultimativ ihren Neffen, den Oberarzt, zu sprechen. Dem herbeieilenden Jürgen, der an einen lebensbedrohlichen Notfall glaubte, erklärte sie kategorisch, sie brauche auf der Stelle eine Kortisonspritze für ihre schmerzenden Gelenke. Das feuchte Wetter sei ihr nicht bekommen.

„Soll ich dich fitspritzen für deinen großen Ballauftritt? Vorsicht, am Eingang vom Schloß steht morgen abend der Universitätspräsident und macht Dopingkontrollen! Das wird ein Skandal, wenn du erwischt wirst!"

Lotte lachte. „Ich kann dem armen Otto doch nicht zumuten, daß er mit einem hinkenden alten Weib durch den Schloßgarten kriecht."

So zog Dr. Kallfels denn eine Spritze auf.

Am Samstag morgen wurde noch einmal eine „Ballfrisur" auf Lottes Kopf festzementiert. Es war so kühl, daß sie unter normalen Umständen heute keine halbe Stunde auf einer Parkbank im Freien ausgehalten hätte. Aber es waren ja auch keine normalen Umstände. Zum Glück war der Taftrock geräumig und bot Platz für mehrere Schichten langer, wärmender Unterwäsche. Otto mußte es ja nicht wissen. Über die Schleifenbluse kam die schöne braune Nerzjacke, die seit mindestens zehn Jahren unbenutzt unter Plastikfolie im Schrank hing.

So wartete Lotte (ohne Stock!) am Eingang des Stifts auf ihre Verwandten, die sie mit dem Auto abholen wollten. Sie war die einzige im Stift, die an diesem gesellschaftlichen Ereignis teilnehmen würde, und hoffte, daß sie, in voller Ballrobe, einigen Mitbewohnern begegnete. In der Tat, da nahte die Witwe des Siemensdirektors:

„Ooooooo, sind Sie heute e-le-gaaant, Frau Askoleit", säuselte die und traute ihren Augen kaum.

„Ja, meine Liebe", bemühte Lotte sich möglichst unbeeindruckt und routiniert zu antworten. „Ich gehe aufs Schloßgartenfest."

„Alleine?"

„Nein, natürlich nicht. Ich habe männliche Begleitung. Man will ja auch ein wenig tanzen, nicht wahr?"

Der Siemensdirektorenwitwe blieb der Mund offen stehen. In diesem Moment fuhren Jürgen, Jutta und Otto vor. Otto sah sehr fesch aus in seinem weißen Dinnerjacket. Er stieg aus dem Fond des Wagens, begrüßte Lotte galant, half ihr beim Einsteigen, und sie fuhren davon.

Sie ließen eine fassungslose Siemensdirektorenwitwe zurück, die sich an diesem Abend über das düstere Doppelleben der Frau Askoleit (die sie immer für einen ostpreußischen Stockfisch, aber sehr solide, gehalten hatte) den Kopf zergrübelte.

Das Erlanger Schloß, von der markgräflichen Zweitwohnung zum nüchternen Sitz der Universitätsverwaltung geworden, ließ an normalen Tagen nichts von goldweißer, barocker Sinnenfreude ahnen. Heute aber hatte es sich in Schale geworfen und präsentierte sich im bunten Fahnenschmuck. Davor drängten sich festlich gekleidete Menschen.

Vorbei die Zeiten, als hier Tomaten flogen, die Polizei aufmarschierte und die Studenten aus den marxistisch-leninistischen roten Basiszellen „Nieder mit dem Establishment" skandierten. Nur ein paar alteingesessene neugierige Hausfrauen kommentierten aus einiger Entfernung mit verschränkten Armen wie jedes Jahr den Aufmarsch von „denna doo": elegante Roben an reifen Damen, Glitzerndes an Fingern, Ohren, Hälsen und Handgelenken, Geliehenes in Nadelstreifen an jeansgewöhnten Studentenkörpern, eindrucksvolle Einblicke in wogende Ausschnitte, fetzig-kurze Glitzerminis über endlosen Studentinnenbeinen, stramm sitzende Smokingjacken über würdigen Honoratiorenbäuchen. Das Ganze getaucht in ein Duftgemisch aus Parfum, Haarspray, Rasierwasser, Schweiß und Mottenkugeln.

Ein bunter Zaubergarten empfing Lotte. Das war nicht der Schloßgarten, den sie kannte. Aberhunderte farbiger Glühbirnen schaukelten über Rabatten, Wiesen und Bankreihen, das Wasser des Hugenottenbrunnens funkelte in allen Farben, die Blumen in den Rabatten leuchteten im Dämmerlicht, der ganze Garten war ein großer, schummrig-grüner Festsaal. Es schien nur noch schöne, gutgelaunte Menschen zu geben. Die Ballbesucher flanierten auf den Wegen. Es war die große Stunde des Sehens und Gesehenwerdens.

An den Tischen vor der Orangerie versammelte sich die Prominenz. Man zeigte sich in bester Laune, bestellte fränkische Weine in Bocksbeutelflaschen, unterhielt sich nach links und nach rechts, plauderte und lächelte. Die Herren bemühten sich, sogar zu ihren altgedienten Ehefrauen charmant zu sein – schließlich stand man im Licht der Öffentlichkeit.

Man erblickte Abgeordnete und Landräte, Vorstandsmitglieder, Stadträte, Kreisräte und Schulräte, Ordinarien und Spektabilitäten. Sogar der örtliche Oberbürgermeister hatte seinen Fahrradhelm abgelegt und scherzte mit einer unbekannten Dame.

Schließlich trat der Universitätspräsident vor, Jagdhornbläser spielten ein Signal, er griff zum Mikrofon und begann mit der traditionellen Eröffnungsrede. Diese hatte ihm, wie jedes Jahr, mehr Bauchschmerzen bereitet als der gesamte Etat der Universität. In seiner Not hatte er sogar zur Bibliothek seines jüngsten Sprößlings Zuflucht genommen und in dessen Lieblingsbuch *„1000 Witze für Pennäler"* nach einem Eröffnungsgag gefahndet.

Eigentlich hätte er sich die Mühe sparen können, denn es hörte sowieso kaum jemand zu. Jeder wußte, was er in etwa sagen würde: daß das Wetter uns dieses Jahr beinahe einen Streich gespielt hätte, daß er heute mittag noch mit der Flugwetterwarte Nürnberg telefoniert habe und die Experten sich optimistisch zeigten, daß die Damen die Zierde dieses Festes seien („denn was, meine Herren, wären wir ohne unsere Damen?") und daß man heute einmal Studienordnungen, Examina und Berufungsverhandlungen vergessen wolle, und daß er hiermit den Ball eröffne.

Auf den Ehrenplätzen machte man sich seufzend auf, die Pflichttänze im Wassersaal der Orangerie zu absolvieren, wo die Tanzkapelle rücksichtsvollerweise die Tanzrunden erfreulich kurz hielt. Der Abgeordnete tanzte mit der Landratsgattin, der Dekan mit der Präsidentengattin, die Stadträtin mit dem Kulturreferenten.

Weiter hinten im Schloßgarten ging es weniger formell zu. Von der mittleren Bühne fetzten lateinamerikanische

Rhythmen, ganz hinten dröhnte Rock-Musik. Auf den abgelegeneren Plätzen holten Studenten die heimlich mitgebrachten Weinflaschen hervor, denn ihr Etat für den heutigen Abend war begrenzt.

Jutta zog den widerstrebenden Jürgen von seinem Sitzplatz hoch, Richtung Tanzfläche. Otto und Lotte blieben alleine zurück. Lotte nippte an ihrem Orangensaft, sie schwiegen. Auf einmal war Lotte die ganze Situation äußerst unangenehm. Was hatte Jürgen seinem Vater erzählt? Daß sie unbedingt auf diesen Ball wollte? Daß sie dringend dafür einen Mann brauchte, aber keinen auftreiben konnte? Daß er doch um Gottes willen gute Miene zum bösen Spiel machen und sich der alten Schrulle erbarmen solle? Sie sah ihn von der Seite an. Er bemerkte das, grinste und meinte:

„Na Lotte, altes Haus (sie zuckte zusammen), bist du jetzt zufrieden?"

„Ich möchte nicht, daß du die ganze Situation mißverstehst, Otto. Ich muß dir unbedingt etwas erklären."

Sie holte aus ihrem altmodischen schwarzen Täschchen mit der Petit-Point-Stickerei den Zeitungsausschnitt mit dem Bild vom letzten Schloßgartenfest. Otto begriff schnell. „Du meinst, das war seine Geliebte, du hoffst, daß sie dieses Jahr wieder hier ist, und möchtest sie finden. Dann wolln wir uns mal an die Arbeit machen. Auf geht's, Lotte."

Er bot ihr seinen Arm, und sie hakte sich unter. Sie spazierten auf den Sandwegen zwischen den Bänken entlang, während es allmählich Nacht wurde. Die bunten Lichter strahlten noch heller. Überall wurde geredet, getrunken, gelacht, flaniert. Die hölzernen Tanzflächen faßten die vielen Tänzer nicht mehr, auch auf dem feuchten Rasen drehten sich die Paare zur Musik. Vor den Imbißständen bildeten sich Schlangen von hungrigen Ballbesuchern.

Lotte und Otto schlenderten bis zum Schloß. Dort war im Foyer ein großes kaltes Büfett aufgebaut. Die Damen balancierten Teller mit Lachshäppchen und mariniertem Mozzarella, die Herren mit kaltem Roastbeef und Leberkäse. Sie stiegen in den ersten Stock hinauf und traten an die weit geöffneten Fenster. Zu ihren Füßen lag der festliche Garten. Bunte Lichter durchzogen in langen, verschlungenen Ketten den Garten, Gelächter und Musik tönten herauf. Der Springbrunnen plätscherte. Schemenhaft erkannte man den steinernen Markgrafen mit dem Regentenstab in der Hand, in majestätischer Pose an der Spitze seiner „großen Fontäne", zu seinen Füßen in Stein gehauene wohlhabende Hugenotten, Quellgötter und Putten.

Hier oben am Fenster mochte einst auch die Markgräfin gestanden sein, wenn unten Feste gefeiert, Feuerwerke abgebrannt, Schauspiele aufgeführt wurden.

Zweifelnd schüttelte Lotte den Kopf.

„Ach Otto, wie sollen wir hier zwischen fünftausend Menschen eine Frau finden?"

Otto dachte praktisch: „Ich glaube nicht, daß sie sich in der hintersten Ecke des Schloßgartens versteckt. So wie sie auf dem Foto in der Zeitung aussieht, will die sich auch zeigen. Und zwar da, wo am meisten los ist. Laß uns wieder hinuntergehen."

Sie umrundeten den Hugenottenbrunnen, schauten rechts und links die Bankreihen entlang, sahen im Dämmerlicht der Glühbirnen in die Gesichter der Sitzenden, der Vorbeiflanierenden. Es war feucht und kühl geworden, die Damen begannen in ihren rückenfreien, dekolletierten Kleidern zu frösteln. Stolas und Jäckchen wurden ausgepackt, ein paar unkonventionelle, ritterliche Herren hatten ihre Jacketts ausgezogen und ihren Damen um die Schultern gelegt. Lotte begann zu frieren, trotz der Nerzjacke.

Sie erreichten die Orangerie. Durch die geöffneten Fenster sah man in den Wassersaal mit seinen pastellfarbenen Wänden, der stuckverzierten Decke, wo aus Füllhörnern und Schalen weiße Gipsfrüchte quollen. Die Tanzmusik ließ den großen Kristallüster an der Decke vibrieren. Man sah sich drehende Paare an den Fenstern auftauchen und wieder verschwinden, auftauchen und wieder verschwinden. Die Kapelle intonierte „Wiener Blut".

„Darf ich bitten, Lotte?"

„Ja ... äh ... Nein! Nein! Das geht nicht!"

„Willst du mir einen Korb geben?"

„Ja ... äh ... nein. Ich kann das nicht mehr!"

Otto lachte schallend, faßte sie um die Taille und schob sie in den Wassersaal der Orangerie zwischen die Tanzenden. Wohin mit dem Täschchen? Was mit dem Jäckchen? Wohin die Füße setzen? Otto tanzte nicht besonders gut, aber taktsicher und entschlossen. Sein Arm ging im Dreivierteltakt auf und ab, sein Ellenbogen bahnte sich einen Weg. Er brummte vergnügt ein „rum-bam-bam, rum-bam-bam" vor sich hin. Gelegentlich kollidierten sie mit einem anderen Paar, stiegen sich gegenseitig auf die Füße und mußten lachen. Lottes Gesicht war rosig, die Ohrringe schaukelten im Takt, ihr wurde schwindelig.

Alles, alles drehte sich um sie, sie sah eine endlose Zickzacklinie von undeutlichen Gesichtern, blinkenden Kronleuchtern, buntem Stuck im Dreivierteltakt an sich vorbeikreisen. Wiener Blut, Wiener Blut, mein Gott, war das schön. Wann hatte sie zum letzten Mal so getanzt? Wiener Blut, Wiener Blut, rum-bam-bam, rum-bam-bam. Die Füße fanden ihren Weg alleine, immer im Kreis, immer im Kreis. Wiener Blut, Wiener Blut. Ottos Gesicht verschwamm. Rum-bam-bam, rum-bam-bam, Wiener Blut, Wiener Blut. Die Kapelle spielte den letzten Akkord. Sie blieben stehen, und Lotte mußte sich an Otto festhalten, alles drehte sich. Die Nerzjacke war plötzlich viel zu warm. Aus dem schwirrenden Nebel tauchten langsam wieder Otto und die anderen auf.

„Kompliment, du tanzt hinreißend."

Mein Gott, wenn sie nicht schon so rot im Gesicht wäre, würde sie es jetzt vermutlich werden. Gottlob wußte er nicht, daß sie das hier nur dank Jürgens Dopingspritze überstanden hatte.

Die Tanzrunde war zu Ende, die Tänzer strömten ins Freie. Lotte und Otto folgten in bester Laune, redend, lachend.

Und dann sahen sie die Frau ... – Da saß sie, ziemlich am Rand der weiß gedeckten Tische für die Ehrengäste! Lotte erkannte sofort die auffallenden, riesigen goldenen Ohrringe. Die streng zurückgenommenen Haare, im Nacken eine Samtschleife, das gleiche enge Stretchkleid wie auf dem Bild, feuerrot war es, wie die Samtschleife. Die Tischnachbarn waren offenbar alle unterwegs, nur ein Mann saß neben ihr. Er mochte etwas älter sein als sie. Sie drehte ihm halb den Rücken zu und blies stoßweise Zigarettenrauch aus ihrem Mund in die Dunkelheit. Der Mann redete gegen ihren Rücken, redete und redete. Sie schien ihn gar nicht zu beachten. Schließlich faßte er sie an den Schultern und drehte sie mit einem gewaltsamen Ruck zu sich.

Lotte blieb möglichst nahe an dem Tisch stehen, wandte den beiden halb den Rücken zu, so daß sie das Paar aus den Augenwinkeln aber noch sehen konnte, nestelte an ihrem Täschchen und versuchte zu lauschen. Sie verstand nur Bruchstücke:

„Wage es nicht ... noch so ein Auftritt wie letztes Jahr ... du machst mich zum Gespött ... die Leute ..."

Die Frau stieß ihm eine Wolke ihres Zigarettenrauches mitten ins Gesicht und stand abrupt auf. Er packte sie am Handgelenk und zog sie wieder auf den Stuhl. Sie riß ihre

Hand los und stand wieder auf; er erhob sich auch und packte sie am nackten Oberarm. Ihr Kleid verrutschte.

In diesem Moment kehrten ihre Tischnachbarn vom Tanzen an den Tisch zurück. Der Gesichtsausdruck der beiden änderte sich schlagartig, beide bemühten sich, freundlich zu lächeln, sanken wieder auf ihre Stühle und begannen mit ihren zurückgekehrten Tischnachbarn zu plaudern. Die Frau steckte sich eine neue Zigarette an.

Lotte und Otto schlenderten weiter.

„Otto, nun haben wir sie gefunden. Was machen wir jetzt?" flüsterte Lotte. „So weit habe ich nie gedacht." „Komm, wir müssen überlegen", Otto nahm sie am Ellenbogen und schob sie Richtung Café, wo man heute nächtens Espresso und Eiskaffee trinken konnte und die Bänke vor der Orangerie im Auge hatte.

Sie bestellten zu trinken und äugten zu den Ehrenplätzen. Wer war die Frau? Die beiden unterhielten sich jetzt mit ihren Tischnachbarn wie ein altgedientes Ehepaar. Der Mann trank Wein in großen Zügen, goß sich nach. Die Frau rauchte. Schließlich standen die Tischnachbarn auf, um wieder tanzen zu gehen. Einen Moment blieben die beiden noch schweigend sitzen. Dann drückte die Frau mit dem roten Kleid und den Ohrringen ihre Zigarette aus, zischte dem Mann noch etwas zu, packte ihre Abendtasche und rauschte davon. Der Mann goß sich wieder Wein nach und starrte vor sich hin, das Glas in der Hand.

Lotte rutschte nervös auf ihrem Stuhl hin und her.

„Wie finden wir nur heraus, wer sie ist, Otto? Sonst ist der Abend um, und ich weiß immer noch nichts."

„Laß mich nur machen Lotte. Ich habe da eine Idee. Warte hier, ich bin gleich wieder zurück."

Schon war Otto weg. Lotte sah ihn vom Café auf die Ehrenplätze vor der Orangerie und auf den einsam sitzenden Mann zugehen. Der goß sich schon wieder Wein ein und trommelte mit den Fingern an sein Glas. Otto blieb abrupt vor ihm stehen, machte eine überraschte Handbewegung, lächelte freundlich und streckte dem Sitzenden die Hand entgegen. Der blickte verwundert, stand dann auf und redete kurz mit Otto. Lotte sah, wie beide Männer sich unterhielten, auflachten und sich dann offenbar voneinander verabschiedeten. Otto grüßte jovial.

Der Mann setzte sich und wandte sich wieder seinem Weinglas zu, während Otto mit einem siegreichen Grinsen auf Lotte zukam und sich in seinem weißen Dinnerjacket (was sah er gut aus!) auf den Stuhl neben Lotte fallen ließ.

„Und, und?" drängte sie.

Otto machte eine Kunstpause, trank einen Schluck Kaffee und erklärte dann trocken:

„Professor Berghäuser."

„Ooootttto?!" Lotte war nahezu sprachlos.

„Ich dachte, du wolltest wissen, wie er heißt, oder?" Lotte hatte es immer noch die Sprache verschlagen.

„Mein Gott, Mädel, das ist doch der älteste Trick der Welt. Du gehst hin, sagst: ‚Ist es denn zu fassen, sind Sie nicht Landrat Hühnerkopf?' Dann sagt der andere: ‚Ich bedaure sehr, ich bin Professor Entenbein.' So funktioniert das ... Naja, wenn du Glück hast. Jetzt mußt du nur noch herausfinden, ob deine schöne wütende Unbekannte seine Frau ist. Aber ich wette, sie ist es, so wie die beiden sich benommen haben."

Lotte konnte nicht anders, sie drückte Otto einen schwesterlichen Kuß auf die rasierwasserduftende Backe. „Du bist ein Schatz ... Weißt du vielleicht auch noch, was Professor Berghäuser macht?"

„Keine Ahnung, das konnte ich ihn schlecht auch noch fragen. Aber dazu mußt du ja nur im Vorlesungsverzeichnis nachschauen ... So, meine liebe Lotte. Ich hasse kalten Kaffee. Ich würde sagen, wir lassen ihn stehen und suchen uns was Ordentliches zu trinken. Komm, ich lade dich auf ein Gläschen Champagner ein. Ich finde, das haben wir uns jetzt verdient."

Da konnte Lotte ja nun nicht gut nein sagen, nach allem, was Otto für sie getan hatte.

„Nein, nein, kommt nicht in Frage, jetzt lade ich d i c h ein", erwiderte sie und dachte, o Gott, hoffentlich bekommt mir der Alkohol.

Eine Stunde später fanden Dr. Kallfels und seine Frau ihre Tante und Jürgens Vater am Champagnerstand. Sie hatten sich schon Sorgen gemacht, weil Lotte gar nicht mehr an ihrem Tisch auftauchte, und fürchteten, sie sei vor der Feuchtigkeit und Kühle längst im Taxi nach Hause geflohen.

Lotte war beim dritten Glas Champagner, ob ihr kalt war, wußte sie nicht. Otto lehnte im weißen Dinnerjacket neben ihr am Stehtischchen und erzählte mit ausladenden Bewegungen in allen Details von seiner letzten Klettertour in den Dolomiten: Drei Zinnen und Paternkofel, Croda dei Toni und Cima d'Auronzo, Klettersteig, Wettereinbruch, Schneefall, glitschige Felsen, Dunkelheit, Alpenvereinshütte, Hüttenwirt, Erbswurstsuppe, Massenlager, Haken und Seil, Schneefeld, Gipfelglück. Er stimmte „Wenn wir erklimmen" an, Lotte hing an seinen Lippen.

„Na ihr zwei", meinte Jürgen, „alles in Ordnung? Habt ihr irgend etwas herausbekommen?"

„Und ob", sagten Lotte und Otto wie aus einem Munde. „Wir haben die Frau tatsächlich gefunden. Otto hat sogar erfahren, wie sie heißt. Ihr Mann ist offenbar ein Professor Berghäuser. Kennst du ihn, Jürgen?"

„Du lieber Gott, wißt ihr, wie viele Professoren es hier an der Uni gibt?! Nein, den Namen habe ich noch nie gehört."

„Jedenfalls scheint er ein kleines Eheproblem zu haben", grinste Otto. „Nur nicht aus Liebe weinen, es gibt auf Erden nicht nur den einen", stimmte er in bester Laune an und fragte dann in die Runde, ob man nicht noch ein Schlückchen Champagner nehmen sollte.

„Klar doch wollen wir", antwortete Jutta munter. „Aber es ist gleich elf. Wenn wir das Feuerwerk noch sehen wollen, müssen wir uns beeilen."

Die Ballbesucher hatten sich in der Mitte des Gartens versammelt. Schon quollen Kaskaden von weißem Licht aus den Schalen und Füllhörnern zu Füßen des steinernen Markgrafen, Sonnenräder rund um das Brunnenbassin zogen gleißende Kreise. Dann zischte die erste Rakete hinten im Garten hoch, dort wo der Markgraf als Türkensieger hoch zu Roß auf einem steinernen Sockel seinem Schloß entgegenritt. Eine zweite, dritte Rakete folgte, zerkrachte hoch oben.

Rote, grüne, weiße Lichtstreifen zogen ihre Bögen in immer kürzeren Abständen über den Himmel. Vielfarbige Kugeln zerstoben im Dunkel. „Ahs" und „Ohs" ertönten. Jedes neue Kunstwerk wurde kommentiert, bestaunt, beklatscht. Immer dichter jagten die Raketen in die Höhe, mischten ihre Farben, wirbelten in immer neuen Effekten durcheinander und zerfielen zu einem Nichts in der Nacht. Eine Serie von weißen, zischenden Lichtbündeln schoß in die Höhe, explodierte und fiel zu Tausenden als Sterne auf die Bäume zurück. Dann noch ein Glitzerregen und noch ein größerer, funkelnd tanzten unendlich viele weißen Sterne über den Himmel. Das große Showdown begann.

Nur die wenigsten nahmen es zwischen all dem Krachen, Leuchten, Blinken und Fallen wahr, daß auf ihre nach oben gewandten Gesichter die ersten Tropfen fielen.

Das Feuerwerk war kaum zu Ende, da wurden die Tropfen größer, der Regen immer dichter und dichter – leider hatten sich die Experten der Flugwetterwarte Nürnberg doch geirrt. Noch hielt das Blätterdach die Nässe fern. Aber nicht mehr lange. Schirme wurden geöffnet, Kleider zusammengerafft, Wasser sammelte sich auf den Tischen, Regen rann an den Weingläsern hinunter, Damenfrisuren sanken in sich zusammen. Die Festgäste zogen die Köpfe ein und strömten Richtung Ausgang. Nach zwanzig Minuten war der Schloßgarten fast leer. Nur wenige Grüppchen hielten sich unter den Bäumen, als wollten sie sich diesen Abend einfach nicht entwinden lassen. Aber es nützte nichts, die Kapellen packten zusammen, die Kellnerinnen sammelten im strömenden Regen das Geschirr von den Tischen. Auch das Ehepaar Kallfels, Lotte und Otto brachen überstürzt auf, drängten sich im Strom der Besucher aus dem Schloß.

Direkt am Ausgang stand der Kommissar, im schwarzen Anzug, im prasselnden Regen. Er zog an seinem Schnurrbart und blickte mißmutig den vorbeiströmenden Besuchern in die Gesichter. Doch plötzlich hellte sich seine sorgenvolle Miene auf:

„Ja sag bloß, Jürgen, du bist auch hier? Ich wußte gar nicht, daß du tanzen kannst! Sonst sehen wir uns doch immer nur auf der Bergkirchweih."

„Hey, Mensch Manni, so trifft man sich wieder. Das war ein Abend neulich, was? Und heute? Bist du schon wieder im Dienst?"

Das Gesicht des Kommissars verdüsterte sich wieder. „Das kann man wohl sagen ... Samstag abend ... Und das bei der Bezahlung ..."

Hinter ihnen drängelten die nassen Festbesucher. Alle wollten heim. Manni und Jürgen hielten den Betrieb auf.

„Na dann bis bald. Wir müssen mal wieder zusammen einen heben. Spätestens an der nächsten Bierprobe!"

Der Kommissar nahm wieder sein pflichtbewußtes Gesicht an, betrachtete sorgenvoll die nachdrängenden Besucher und musterte jeden von ihnen, während er an seinem Schnurrbart zog. Jürgen und die anderen wurden weitergeschoben. Lotte war völlig irritiert:

„Das war doch der Kommissar, der die Sache mit Robert Wohlmann untersucht. Woher kennst du denn den Kommissar, Jürgen? War er das, mit dem du dich auf der Bierprobe so betrunken hast?"

„Na, na, Tante Lotte, so schlimm war's doch auch wieder nicht. Klar kenne ich ihn, schon seit der Schulzeit."

„Und da soll man Vertrauen in die Polizei haben", schnaubte Lotte.

Als Lotte am Wagen ankam, war sie pitschnaß, das Wasser floß aus den Haaren. Sie fürchtete um ihre Nerzjacke. Ihr war kalt. Am Stift vorgefahren, half ihr Otto, dem der Regen nichts auszumachen schien, aus dem Wagen, küßte ihr galant die Hand und dankte noch einmal für den bezaubernden Walzer. Jürgen, der am Steuer saß, traute seinen Ohren nicht.

Am nächsten Morgen hatte Lotte Kopfschmerzen. Sie wußte nicht, ob von dem Champagner oder von der dicken Erkältung, die sich in ihr breitmachte. Es war wohl doch zuviel des Guten gewesen.

Beim Mittagessen beugte sich die Witwe des Siemensdirektors herüber. Das Vorkommnis von gestern abend, als Lotte in großer Robe mit einem fremden Mann davongerauscht war, hatte sie nicht ruhen lassen. Spät abends noch hatte sie Lotte – tropfnaß – von ihrem Fenster aus gesehen, wie sie aus einem Auto stieg und sich von diesem gutaussehenden Mann im weißen Jackett galant die Hand küssen ließ.

„Liebe Frau Askoleit", säuselte sie, „schade, schade, daß das Schloßgartenfest nun doch noch im Regen enden mußte. Hoffentlich hat Ihre schöne Nerzjacke keinen Schaden genommen."

Die Siemensdirektorenwitwe stach mit ihrer Gabel in die Roulade auf ihrem Teller und fügte dann beiläufig hinzu:

„Ihr Begleiter ist gewiß auch Witwer?"

Was ritt Lotte nur, waren es die Nachwirkungen des Champagners? Sie schneuzte sich in ihr Taschentuch und sagte kurz und ohne jeden Versuch, die Situation zu erklären:

„Nein, meine Liebe, er ist verheiratet."

Der Siemensdirektorenwitwe fiel der Unterkiefer herunter und die Gabel aus der Roulade. Na, das war ja wohl der Gipfel! Das übertraf ihre kühnsten Befürchtungen. Ehebruch! Pfuhl! Unmoral! Sünde! Da hatte sie sich in diesem ostpreußischen Stockfisch gründlich geirrt. Die tat nur so harmlos, bieder und langweilig. Die Siemensdirektorenwitwe nahm die Mahlzeit ein, ohne Lotte noch eines Blickes zu würdigen, und überlegte, ob sie sich nicht in Zukunft aus Gründen der Moral an einen anderen Tisch setzen sollte.

XIII

Nun war sie also tot. Im Stift herrschte Bestürzung. Käthe Wohlmann war auf der Intensivstation der Klinik gestorben, ohne noch einmal aus ihrer bleiernen Bewußtlosigkeit zu erwachen. Monika Schobert und ihr Mann hatten zum Schluß jeden Tag an ihrem Bett gestanden, hilflos, stumm, vor einer beängstigenden Zahl von Schläuchen und Apparaten, irgendwo dazwischen eine alte Frau. Die Ärzte zuckten die Schultern. Hinterwandinfarkt mit irreversiblen Schädigungen.

Gab es einen Schuldigen an ihrem Ableben? Noch einmal war die Geschichte von Robert Wohlmanns mysteriösem Tod in aller Munde. Hatten die Polizisten verantwortungslos gehandelt, als sie die arme Frau so unvorbereitet mit der Nachricht vom schrecklichen Tod ihres Enkels konfrontiert hatten? Die Meinungen darüber gingen im Stift auseinander.

Jedenfalls war die Anteilnahme an dem Todesfall ungewöhnlich groß. Man sammelte für einen schönen, repräsentativen Kranz für die Beerdigung. Da der Wunsch, an dem Begräbnis teilzunehmen, so groß war, sah sich die Stiftsleitung dazu veranlaßt, einen Omnibus anzumieten, um allen, die dies wünschten, die Gelegenheit zu geben, zum Friedhof zu kommen.

Am frühen Nachmittag sammelten sich die Trauergäste wie schwarze Vögel am Bus zur Fahrt auf den Friedhof. Lotte Askoleit war nicht unter ihnen. Sie war schon früher aufgebrochen, denn sie wollte noch etwas erledigen.

Eigentlich hatte sie keinen Grund, ein schlechtes Gewissen zu haben. Und doch ... sie war seit einer Woche nicht mehr auf dem Friedhof gewesen! Es gab ja nichts, was sie sich eigentlich vorwerfen mußte. Alles war absolut im Rahmen geblieben. Aber doch ... sie hatte sich zum ersten Mal seit vielen Jahren einen Abend lang wieder richtig amüsiert, und die Erinnerung daran schlug in ihrem Kopf Purzelbäume. Sie beschloß, für das Grab ihres Karl ein schönes Bukett zu kaufen.

So wartete sie in ihrem Stammgeschäft, bis die Chefin für sie Zeit hatte.

„Nun, Frau Askoleit, sieben rosa Nelken, wie immer?"

„Ne-i-j-n, heute nicht. Ich hätte gerne ein großes Bukett. Vielleicht Rosen?"

„Ein besonderer Gedenktag heute, gell?" mutmaßte die Chefin. „Hätten Sie heute Hochzeitstag, oder", sie dämpfte ihre Stimme anteilnehmend, „oder ist heute der Todestag? Mein Gott, Frau Askoleit, wie die Zeit vergeht. Ist das denn jetzt wirklich schon drei Jahre her?"

„Ne-i-j-n, ne-i-j-n, es gibt keinen besonderen Grund. Einfach nur so. Machen Sie mir ein schönes Rosenbukett."

Lotte kramte nach ihrem Taschentuch. Die Chefin war verwundert, kannte sie Frau Askoleit doch als eine treue, wenn auch sparsame Kundin. Sie zog mit routinierten Bewegungen lachsrote Rosen aus einer der großen Vasen, hielt sie Lotte vor die Nase, damit diese bestätigen konnte, wie herrlich diese sommerlichen Freilandrosen dufteten. Lotte aber nieste nur und bedauerte, daß sie sich leider „irgendwo" eine Erkältung geholt habe und nichts rieche.

Die Chefin verschwand mit den Worten: „So, nun mache ich Ihnen ein schönes Bukett, wir nehmen Tannenzweige dazu, gell?" Lotte nieste wieder.

Es war wirklich sehr schön, das Rosenbukett. Die Chefin präsentierte Lotte ihr fertiges Werk.

„Wo ich gerade die Rosen sehe", begann Lotte mit belegter Stimme. Sie setzte zum großen Coup an und zitterte, daß es klappen würde (hatte sie von Otto diese Unverfrorenheit gelernt?). „Sie haben doch neulich auch dieses herrliche rote Rosenherz gebunden?"

Die Chefin sah sie unverwandt mit ausdruckslosem Gesicht an und schwieg.

„Nicht wahr?"

Keine Reaktion.

„Sie wissen schon", Lotte senkte verschwörerisch die Stimme, „das, was Frau Professor Berghäuser zu der Beerdigung von Herrn Wohlmann bestellt hat."

Das Gesicht der Chefin hellte sich auf.

„Ach so, Sie wissen davon, Frau Askoleit. Dann kann ich es ja sagen. Ja, ja, die Frau Professor wollte das so haben." Sie dämmte die Stimme fast bis zum Flüstern, obwohl momentan keine Kundschaft im Laden war. „Ohne Karte, ohne Namensnennung, darauf hat sie bestanden. Nun ja, das war ja auch eine etwas heikle Bestellung das da, für diesen jungen Mann. Mich wundert, daß sie es Ihnen erzählt hat ... Ja, ja, eine ungewöhnliche Frau, die Frau Professor, mit einem ganz besonderen Geschmack."

„Das kann man wohl sagen", erwiderte Lotte sibyllinisch.

Sie schneuzte sich. Ihre Augen glitten über die bunten Biedermeiersträußchen und die roten Rosenbündel, sie starrte durch die weißen Lilienstengel, das Schleierkraut und die tintenblauen Ritterspornrispen.

Sie sah die schöne Frau Berghäuser tanzen im roten Kleid mit einem jungen Mann, der war durchtrainiert, maskulin und fröhlich. Alles war leicht mit ihm. Spaß haben, tanzen, die Sonnenseite des Lebens genießen, ohne zu fragen. Nichts zählte sonst! ... Und dann war da der tropfende Pferdeschwanz. Hatte sie geweint, als sie das Herz aus lauter roten Rosen bestellte?

„Frau Askoleit, hören Sie ..."

Wie oft hatte die Blumenhändlerin sie schon angesprochen? Ihre Stimme kam von weit weg. Lotte versuchte sich zusammenzunehmen, zahlte geistesabwesend und verließ den Laden, in einer Hand das Bukett und die Handtasche, in der anderen den Stock, den sie weiß Gott wieder nötig brauchte.

Durch das vertraute eiserne Tor betrat sie den Friedhof, ging wie in Trance den Weg zu Karls Grab, legte die Blumen auf den Stein, sprach ohne viel Andacht ein Vaterunser und griff automatisch nach dem Kratzer hinter dem Grabstein, bückte sich seufzend und begann damit, den schmalen Sandstreifen rund ums Grab zu rechen.

Aus dieser Froschperspektive sah sie zwei Paar dunkel bestrumpfte Beine in geräumigen orthopädischen Schuhen auf sich zukommen. Rechts und links davon, in halber Höhe je eine der obligaten grünen Friedhofsgießkannen. Sie reckte sich mühsam hoch und erkannte die zugehörigen Gesichter von zwei Bekannten, ebenfalls Witwen, die sie regelmäßig auf dem Friedhof traf, wenn man sich um die Gräber der verblichenen Gatten kümmerte und auf ein wenig Friedhofsgetratsche hoffte.

Man begrüßte sich, Lottes Nase lief, sie nieste. Die beiden Damen bedauerten Lottes Zustand, sie solle nur gut auf sich achtgeben, keinen Zug, keine Anstrengungen, besser zu Hause bleiben, ein Schwitzbad nehmen und dann mit Retterspitz einreiben! Retterspitz helfe immer!

Lotte dankte für die Anteilnahme. Das Wetter sei aber auch „so unnatürlich", bemerkte eine der beiden Damen. Erst diese Hitzewelle, jetzt viel zu kalt für die Jahreszeit. Kein Wunder, daß man sich hier auf dem Friedhof die dickste Erkältung holte!

Lotte stand stumm, den Kratzer in der Hand. Das war es ja nun nicht gerade gewesen. Sie dachte an den Tanz mit

Otto. Wiener Blut, Wiener Blut, immer im Kreis, immer im Kreis, alles dreht sich, Ottos Gesicht im schwindeligen Nebel ...

Sie raffte sich auf und pflichtete geistesabwesend bei. Ja, ja , so leicht hole man sich hier auf dem Friedhof eine Erkältung. Die beiden Damen verabschiedeten sich, wünschten gute Besserung, faßten ihre Gießkannen fester und entfernten sich kopfschüttelnd. Merkwürdig, diese Frau Askoleit war auch nicht mehr die Alte ...!

Nun läutete schon wieder das Totenglöckchen, schon wieder saß sie auf der harten Holzbank, schon wieder stand da vorne ein blumengeschmückter Holzsarg, schon wieder saßen Monika Schobert und ihr Mann in der ersten Reihe als Leidtragende. Ohne eines der Kinder diesmal. Die erste Beerdigung war schon zu viel gewesen. Monika Schobert hatte sich gegen den Rat der Kindergärtnerin, die meinte, Kinder müßten schon früh lernen, den Tod „zu verarbeiten", geweigert, noch mal eines der beiden Mädchen mitzunehmen.

In der letzten Reihe, von den meisten Trauergästen zunächst unbemerkt, saß der Kommissar mit dem üblichen sorgenvollen Gesichtsausdruck.

Es war eine stille Beerdigung, anders als vor wenigen Wochen die von Robert, dem Enkel. Die meisten Trauergäste waren alte Leute, fast alle hatte der Stiftsbus hergebracht. Der Pfarrer, der die Aussegnungsfeier abhielt, kannte die meisten seiner Schäfchen, die vor ihm saßen. Das waren seine treuesten Kundinnen, all diese von Depressionen gequälten Witwen, die jeden Sonntagmorgen zur Andacht in die Stiftskapelle kamen, bevor sie (wenn sie Glück hatten) von ihren Kindern oder Enkeln zähneknirschend zum obligatorischen Sonntagsessen abgeholt wurden.

Lotte fehlte sonntags manchmal. Dann fuhr sie in die Altstadt, in die „richtige" Kirche am Martin-Luther-Platz, wo nicht nur alte Frauen saßen. Hier habe sie, so behauptete sie stets, dickschädelig wie sie war, „mehr Andacht".

Alles lief in jenen Bahnen ab, die den meisten Trauergästen aus vielen anderen Beerdigungen vertraut waren. Die Erschütterung hielt sich in Grenzen. Abgesehen von den tragischen Umständen war Käthe Wohlmann ja eine alte, kranke Frau gewesen. Schon stand die Trauergemeinde am Tor und sah dem Leichenwagen nach, in dem man Käthe Wohlmann zur Einäscherung davonfuhr. Das Ehepaar Schobert nahm die vielen Beileidsbekundungen der Trauergäste entgegen. Auch Lotte reihte sich in die Schlange der Kondolierenden ein und schnaubte sich die Nase. Aber es war weniger die Trauer als die Erkältung, die sie sich auf dem Schloßgartenfest zugezogen hatte.

Schon fast im Gehen hörte sie, wie der Kommissar zu den Schoberts trat und sich erkundigte, ob er sie ein kleines Stück begleiten könne, er habe etwas Wichtiges mit ihnen zu besprechen.

Das Ehepaar Schobert hatte die guten Bekannten ihrer Großmutter eingeladen auf eine Tasse Kaffee nach der Beisetzung. „Leichenschmaus" wäre ein übertriebenes Wort gewesen. Da die meisten sowieso mit dem Bus gekommen waren, traf man sich zu dem „besinnlichen Beisammensein" (wie der stets korrekte Herr Schobert es bei der Einladung auf dem Friedhof genannt hatte) im Café im obersten Stockwerk des Stifts.

Es war nur ein kleiner Kreis, der sich hier einfand. Der Pfarrer, der Lotte mit Wärme begrüßte, der Stiftsleiter und ein paar Bekannte, alles ältere Leute.

Die Schoberts waren noch nicht eingetroffen. Grau und angegriffen hatten sie beide auf dem Friedhof ausgesehen.

Verständlich, meinten die Trauergäste, während sie in ihrem Kaffee rührten, bei zwei Todesfällen in so kurzer Zeit, und beide irgendwie doch so tragisch.

Auf der anderen Seite, gab eine der Anwesenden zu bedenken, ein Nachteil sei der Tod von Käthe Wohlmann für die beiden ja nicht gerade. Wisse man denn, was Frau Wohlmann an irdischen Gütern hinterlassen habe? Alle Augen wandten sich dem Stiftsleiter zu. Der zuckte mit den Achseln und bedauerte. Verständlicherweise dürfe er keine Interna ausplaudern. Aber es sei „mit Sicherheit eine sehr schöne Summe".

In diesem Moment traf das Ehepaar Schobert ein. Monika Schoberts Gesicht war gerötet. Sie wirkten beide erschöpft. Man bemühte sich um gedämpfte Gespräche, die Kuchengabeln klapperten leise, in unbemerkten Augenblicken lagen forschende Augen auf den Hauptleidtragenden. Wie traurig waren sie wirklich über den Tod ihrer Großmutter?

Man blieb nicht lange, kaum war der Kuchen aufgegessen, erhoben sich die Gäste. Der Pfarrer und der Stiftsleiter verabschiedeten sich, die anderen Gäste folgten. Lotte war die letzte, der Monika Schobert die Hand reichte:

„Nun kennen wir uns erst so kurz, liebe Frau Schobert, und waren gemeinsam schon auf zwei Beerdigungen. Ich wünsche Ihnen, daß nun wieder bessere Zeiten für Sie beginnen."

Monika Schobert lächelte schwach.

„Ich hoffe das auch so sehr, Frau Askoleit. Daß endlich wieder Ruhe in unser Leben einkehrt. Wissen Sie, die Kinder leiden unter solchen Dingen."

Lotte nickte verständnisvoll.

„Ich bin ja so froh", fügte Monika Schobert hinzu, „daß nun endlich Klarheit über Roberts Tod besteht."

Lotte riß die Augen auf.

„Wie, hat man den Täter?"

„Es war ein Unfall, Frau Askoleit. Gerade hat uns der Kommissar davon informiert, daß die Ermittlungen eingestellt werden", schaltete sich Herr Schobert in das Gespräch ein.

Lotte stand und starrte. Da war er wieder, der tropfende Pferdeschwanz. Niemals würde sie das glauben können! War Robert denn ein Tölpel, der einfach ausrutschte und ins Wasser fiel? Sie verabschiedete sich mechanisch, spürte Herrn Schoberts festen Händedruck, den Atem von Monika Schobert, die Lotte spontan umarmt hatte, hörte sich sagen, daß sie, Lotte, immer mit Rat und Tat für Monika da sei, und war hinaus ... Robbys Tod sollte ungesühnt bleiben. Sie konnte und wollte es nicht glauben.

Auf dem Gang traf sie den Kommissar. Er war auf dem Weg zum Stiftsleiter.

„Haben Sie e-i-j-nen Moment für mich Zeit, lieber Herr Kommissar?"

Sein umwölktes Gesicht entspannte sich etwas, ja er lächelte sogar.

„Ich habe Sie neulich mit Jürgen auf dem Schloßgartenfest gesehen, nicht wahr? Ich bewundere so rüstige Damen. (Na, das war vielleicht ein bißchen dick aufgetragen, fand Lotte.) Ich wußte gar nicht, daß Sie mit Jürgen verwandt sind."

„Jürgen ist mein Neffe", erklärte Lotte mit Besitzerstolz und Bestimmtheit in der Stimme. (Naja, eigentlich war er ja nur der angeheiratete.)

„Herr Kommissar, ist das denn wahr? Die Untersuchung wird eingestellt? Das kann doch nicht sein, ich bitte Sie!" Lottes von der Erkältung angegriffene Stimme krächzte.

Sie durchquerten die Eingangshalle und blieben vor dem großen Aquarium stehen.

„Ich denke viel über diese Geschichte nach, Herr Kommissar. Ich hoffe, Sie tun das auch?" (War auf einen Mann Verlaß, der sich auf der Bergkirchweih sinnlos betrank? Jürgen hatte das zwar auch getan, aber das war etwas anderes. Nie würde sie etwas auf ihren Neffen kommen lassen!)

Der Kommissar zog an seinem Bart und zuckte mit den Schultern.

„Es tut mir leid, wir müssen uns an die Tatbestände halten." Lottes Stimme zitterte:

„Ich verstehe das nicht. Ich sehe überall Motive, ich weiß nicht, wo ich anfangen soll. Wußten Sie, daß Robert bis zu seinem Tod nicht nur eine junge Freundin hatte, sondern offenbar auch eine Beziehung zu einer verheirateten Frau unterhielt?"

Der Kommissar klopfte mit dem Mittelfinger an die Scheibe des Aquariums, ein Skalar kam neugierig angeschwommen.

„Sie sollten die Polizei nicht für so dumm halten, gnädige Frau. Die Leute reden über so ein Verhältnis. Das läßt sich gar nicht vermeiden. Wir haben uns doch auf dem Schloßgartenfest gesehen. Warum, glauben Sie, war ich dort? Natürlich ging es um diese Frau, mit der er lange zusammen war. Ich persönlich", fügte er hinzu, „ hasse nämlich Bälle."

„Finden Sie?" erwiderte Lotte und lächelte in sich hinein.

„Wir haben alles geprüft. Motive sind das eine. Fakten sind das andere. Liebe ist ein Motiv. Geld ist ein Motiv. Nur – eine stolze Summe geerbt hätten die Schoberts auch ohne Robbys Tod. Und wenn Sie alle verhaften wollten (er bemühte sich um einen scherzhaften Ton), die ihre Ehepartner betrügen, dann bräuchten wir ganz schnell ganz viele Gefängnisse."

Lotte sah ihn mit einem vernichtenden Blick an.

„Aber nun mal ganz im Ernst, sehen Sie, es gibt keine Spuren. Wir haben den Weg an der Schwabach abgesucht. Wir wissen bis heute nicht einmal, wo Robert Wohlmann an jenem Samstagabend ins Wasser gestürzt ist – irgendwo zwischen dem Mühlenwehr an der Schleifmühle und der Brücke, wo man ihn gefunden hat. Wir wissen nur, daß es an diesem Samstag spätabends passiert ist. Es gibt keine Zeugen. Der starke Regen hat alle eventuellen Spuren verwischt."

Der Kommissar stellte sich auf die Zehenspitzen, denn er war nicht sehr groß, und fischte aus seiner Hosentasche ein Pfennigstück.

„Er muß nah am Ufer gelaufen und ausgerutscht sein. Bedenken Sie, es war Hochwasser, nasses Gras, unterspülte Böschungen et cetera. Außerdem hatte er Alkohol im Blut, da sind die Reaktionen verlangsamt."

Er warf das Pfennigstück in das Aquarium. Während es rasch zu Boden sank und die Fische neugierig angeschwommen kamen, fuhr er fort:

„Er ist im Fallen irgendwo schwer mit dem Kopf aufgeschlagen und ertrunken."

Sein Blick und der Lottes hefteten sich auf das am Boden liegende Pfennigstück.

„Alles andere ist Spekulation. Unbeweisbar. Es tut mir leid, aber so ist es."

„Könnte er nicht auch niedergeschlagen und in den Fluß geworfen worden sein?"

„Theoretisch ja. Und was ist mit der Tatwaffe?"

„Die Tatwaffe, ja, die Tatwaffe, das ist das Problem", grübelte Lotte.

„Nein, nein, gnädige Frau, vergessen Sie das Ganze. Glauben Sie mir, wir haben bei der Polizei Erfahrung mit solchen Sachen."

Lotte schaute stumm auf die Fische, das Geldstücke, und dann auf den Kommissar und krächzte, während sie ihn auf eine merkwürdige, unangenehme Weise anstarrte:

„Dies irae, dies illa, solvet saeclum in favilla."

Nach einer Pause, während der sie ihre Augen nicht vom Kommissar ließ, übersetzte sie langsam:

„Tag der Rache, Tag der Sünden, wird die Welt in Flammen zünden." Dann sagte sie leise: „Auf Wiedersehen, Herr Kommissar."

Der Kommissar sah sie einen Moment verwirrt an, verabschiedete sich dann und ging irritiert davon. Lotte blieb alleine vor dem Aquarium stehen, starrte das Pfennigstück und die Fische an und schniefte in ihr Taschentuch. Sie mußte unbedingt mit ihrem Neffen Jürgen telefonieren.

„Schön, daß du anrufst, Tante Lotte."

Jürgens Stimme am anderen Ende der Leitung klang munter und herzlich. Lotte war verwundert.

„Wieso ist das schön? Das hast du noch nie gesagt, wenn ich dich in der Klinik angerufen habe. Ist irgend etwas Besonderes?"

„Naja", zögerte Jürgen, „eigentlich hätten wir eine Bitte an dich."

Lotte nieste.

„Es ist nämlich so, Jutta war zwei Tage weg. Sie macht einen Übungsleiterlehrgang für Aerobic. Will endlich keine Kurse mehr besuchen, sondern selbst welche geben. Von mir aus, soll sie." Seine Stimme klang gottergeben. „Na, und ich hatte wieder mal Nachtdienst. Die Zwillinge waren alleine zu Hause ... Um ehrlich zu sein, es ist nicht besonders gut gegangen. Die beiden haben zwei Tage nur Tortilla-Chipse gegessen. Und du weißt ja, wie pingelig Jutta in Ernährungsfragen ist. Lisa hat einen Ausschlag und Durchfall gekriegt. Den Dackel haben sie vergessen, Gassi zu führen, dafür hat er sich auf der Wohnzimmergarnitur verewigt. Jetzt ist er noch neurotischer als vorher. Außerdem haben sie vergessen, Juttas Tofu-Pilz zu wässern. Ich glaube, es wäre besser, wenn die beiden unter Aufsicht wären."

Lotte erstarrte: „Du meinst, ich sollte auf die beiden aufpassen?"

Jürgen beschwichtigte: „Im großen und ganzen sind die beiden ja recht vernünftig" (Lotte krächzte), „sie brauchen nur etwas Kontrolle und eine warme Mahlzeit. Aber wir haben ja die Mikrowelle. Du müßtest also nicht einmal viel kochen."

Lotte sah sich in der Küche stehen, während dieser bösartige, ekelhafte Dackel sie zähnefletschend anknurrte, Lisa und Max sich prügelnd in einer Ecke wälzten und in der Mikrowelle die Kroketten reihenweise explodierten, und sagte schwach:

„Wenn du meinst, Jürgen, will ich es gerne einmal probieren."

Vor lauter Schrecken hätte sie ihr eigentliches Anliegen vergessen, wenn Jürgen sie nicht gefragt hätte, warum sie ihn denn heute in der Klinik angerufen habe. Sie brauchte Zeit, um sich zu fassen und ihre Gedanken von dem drohenden Einsatz als Ersatz-Oma im Hause Kallfels zu wenden.

„Sag mir, Jürgen, was hältst du von dem Kommissar? Taugt er was?"

„Manni? Da mach dir mal keine Sorgen. Er wirkt unscheinbar, aber er ist ein guter Mann."

Lottes Stimme klang zweifelnd: „Er läßt die Untersuchung von Robbys Tod einstellen. Verstehst du das?"

Jürgen brummte unbestimmt. Er mußte dringend zur Visite. Aber das Gespräch war nicht abzukürzen.

„Jürgen, beschreibe mir noch mal, wie die kleine Verletzung an Robbys Kopf aussah."

„O Gott, Tante Lotte, das weißt du doch. Der Pathologe sagte mir, zwei schmale parallele Streifen an der Schläfe, mehr nicht."

„Komisch, das ist komisch", murmelte Lotte. „Und da ist noch etwas." Jürgen seufzte auf.

„Ich weiß jetzt sicher, daß Frau Berghäuser Robby bis zum Schluß liebte. Stell dir vor, sie hat ein rotes Herz aus lauter Rosen für sein Grab bestellt. Jetzt kann ich mir natürlich auch denken, auf wen seine junge Freundin, diese Anja, so eifersüchtig war. Jürgen, welches Spiel hat er mit den beiden Frauen getrieben?"

Jürgen meinte, darüber könne man sich bei Gelegenheit ja mal in aller Ruhe unterhalten. Aber Lotte ließ nicht locker:

„Ich möchte zu gerne mal mit dem Professor oder seiner Frau sprechen. Wie stelle ich das denn nur an?"

Jürgen meinte nervös, das sei schwierig, und wiederholte, darüber müsse man sich bei Gelegenheit mal in Ruhe Gedanken machen.

Lotte blieb hartnäckig. „Hast du nicht eine Idee, unter welchem Vorwand man das machen könnte?"

Jürgens Nerven lagen bloß, die Zeit drängte:

„Tante Lotte, darüber reden wir bei Gelegenheit mal in Ruhe, ja? Ich muß los."

Bevor Lotte erneut Atem holen konnte, hatte er die erlösende Idee:

„Ruf doch einfach mal Otto an, der hat doch immer so gute Einfälle!"

Lotte schwankte zwischen Entzücken und Empörung.

„Ich, Otto anrufen? Nein, Jürgen, wie sieht das denn aus? Nein, nein, niemals, mach du das für mich."

Jürgen war mit den Nerven am Ende, die Schwester

stand bereits gestikulierend in der Tür, der Chefarzt wartete.

„Gut, dann ruf' ich ihn für dich an, okay?" Seine Stimme klang gehetzt.

„Das ist lieb von dir, Jürgen, vielen Dank."

Er hatte den Hörer schon fast auf der Gabel und war auf dem Sprung zur Tür hinaus, da hörte er noch einmal Lottes Stimme durch den Hörer.

„Und Jürgen, hörst du, ... sag Otto einen schönen Gruß von mir!"

XIV

„Hier sind Sie völlig falsch. Diiiies", die Sekretärin erhob ihre Stimme bedeutungsvoll, „ist das Sekretariat von Professor Berghäuser. Zu wem wollen Sie überhaupt? Hier findet keine Beratung für das Seniorenstudium statt. Da müssen Sie schon in den sechsten Stock, Zimmer 659, Frau Dr. Schulte-Wegebrecht. Aber nur montags von elf bis zwölf Uhr. Wollen Sie sich als Gaststudentin oder als ordentliche Studentin einschreiben? Dann müssen Sie schon in die Immatrikulationsstelle. Aber nur vormittags von neun bis zwölf Uhr. Sie brauchen einen Personalausweis, zwei Lichtbilder, den – vollständig!, wenn ich bitten darf – ausgefüllten Fragebogen und eine Kopie Ihres Abiturzeugnisses. Haben Sie überhaupt Abitur?"

Lotte stand immer noch verdutzt in der Tür. Dann holte sie tief Luft und krächzte:

„Natürlich habe ich Abitur. Und Sie?"

Diesen Ton war die Sekretärin offenbar nicht gewohnt. Sie schwieg, ihr Mund stand offen, und sie sah Lotte baß erstaunt an. Lotte schneuzte sich und erklärte so kühl wie möglich:

„Ich möchte zu Herrn Professor Berghäuser."

Die Sekretärin lachte trocken auf:

„Das mag schon sein. Aber Sie können nicht so einfach zu ihm. Er hat Sprechstunden. Immer dienstags von elf bis zwölf Uhr. Diese Woche allerdings nicht. Da fallen die Vorlesung und die Sprechstunde aus. Er hält einen Gastvortrag in Münster."

„Ach ... kann er den nicht auch in den Semesterferien

halten?" fragte Lotte arglos. „Ich meine, die sind doch lang genug."

„Und wer bitte schön soll sich den in den Semesterferien in Münster anhören?"

Das leuchtete Lotte ein.

„Also", schloß die Sekretärin, „kommen Sie nächste Woche wieder. Dann hat er Sprechstunde."

„Das werde ich tun", nickte Lotte.

Sie war fast schon auf dem Gang, da tönte die Sekretärin hinter ihr her:

„Hallo Sie, was wollen Sie überhaupt vom Professor?"
Lotte wandte sich noch einmal um und erwiderte hoheitsvoll:

„Ich heiße Askoleit und möchte eine Stiftung machen."

Eine Woche später ging sie wieder an den häßlichen Betongebäuden aus den sechziger Jahren entlang und las die mehr oder weniger verblaßten Parolen auf den grauen Wänden: *„AKW – nie!" „Strauß – Antifaschist!" „Keine Macht für niemand" „Amigo Stoiber" „Macht die KWU zu!"*

Das Ganze war Ottos Einfall gewesen. Dieser Tage hatte er sie angerufen.

„Hallo Lotte, wie geht's dir? Du klingst so erkältet."

„Nichts, nichts, schön dich zu hören", hatte sie höchst erfreut erwidert.

„Jürgen hat mich angerufen. Ich soll dir helfen, an diese Berghäusers ranzukommen. Also, für seine Frau fällt mir nichts ein. So Frauendinge, da kenn i mi net aus. Aber ich hab' eine Idee für dich, wie du dich an den Professor ranmachen könntest. Weißt du überhaupt, was er macht? Ich habe ihn im Vorlesungsverzeichnis gefunden. Er hat den Lehrstuhl für, jetzt paß gut auf, für Finnougristik. Falls du weißt, was das ist. Ich habe das jedenfalls vorher noch nie gehört."

„Natürlich weiß ich, was das ist", konterte Lotte. „Er beschäftigt sich mit den finno-ugrischen Sprachen, die in Teilen Finnlands, Sibiriens und in Ungarn von über zwanzig Millionen Menschen gesprochen werden."

Otto war platt:

„Das weißt du? Kompliment, deine Allgemeinbildung ist phänomenal." (Ein Glück, daß die kleine Anja mir Nachhilfeunterricht gegeben hat, dachte Lotte.)

„Das ist komisch, Otto, wußtest du, daß Robby auch Finnougristik studiert hat?"

„Wie? Soll das heißen, er hat es mit der Frau seines Chefs getrieben? Donnerwetter! Respekt! Der Bursche hat Nerven gehabt! Dann solltest du dir erst recht diesen Berghäuser ansehen. Also paß auf, du gehst zu ihm hin und erzählst ihm, du willst eine Stiftung machen."

„Was denn für eine Stiftung?" Lotte war ratlos.

„Dazu müssen wir allerdings deinen verstorbenen Karl mißbrauchen."

„Ottoooo!"

„Es ist völlig harmlos. Du erzählst dem Professor, das leidenschaftliche Hobby deines verstorbenen Mannes sei Zeit seines Lebens die Finnougristik gewesen. Er habe eine sehr stattliche Bibliothek zusammengetragen, für die du aber jetzt, nach seinem Tod, keine Verwendung mehr hast. Platzprobleme, et cetera, et cetera, irgendwas eben. Deshalb willst du die Bücher stiften."

„O Gott, und wenn er sagt, er nimmt sie? Was mache ich dann?"

„Dann hast du es dir im letzten Moment anders überlegt. Sentimentale Anhänglichkeit an deinen verstorbenen Mann undsoweiterundsoweiter."

Lotte war unsicher:

„Das kommt mir so dreist vor. Ich glaube, das kann ich nicht."

„Überleg es dir. Überrumple ihn, bringe das Gespräch auf Robert. Dir fällt bestimmt was ein. Du bist doch eine intelligente Frau. Du schaffst das schon."

„Meinst du? Danke, Otto. Das ist sehr nett von dir." Glücklicherweise konnte er nicht sehen, wie sie rot wurde. „Und vielen Dank für deine Hilfe, Otto."

„Nichts zu danken, für so narrische Sachen bin ich immer zu haben. Aber ich möchte auf dem laufenden gehalten werden, du rufst mich an, okay?"

„Gerne, Otto, ich melde mich bald."

Dann saß sie eine ganze Weile, noch den Telefonhörer in der Hand, auf ihrem Sofa und lächelte.

So war das Ganze gekommen. Sie war viel zu früh dran. Die Sprechstunde fing erst in einer halben Stunde an. Sie stieg die häßlichen Betonstufen hoch, zwischen denen der Wegerich sproß, und betrat das Fakultätsgebäude. Studenten in Jeansjacken, fast alle mit Rucksäcken, einige auch mit uralten Ledermappen, Büchern oder Aktenordnern unterm Arm, liefen achtlos an ihr vorbei. Sie fand, alle sahen so gesund, fit und proteinernährt aus, mit mustergültig regulierten Gebissen und mindestens zwei Köpfe größer als sie selbst.

Neben dem Eingang stand ein junger Mann und verteilte Handzettel. Er hielt Lotte auch einen entgegen. Sie las:

„Hochschulwahl! Wählt rote Liste! Wenn es an dieser Scheiß-Uni eine Zukunft gibt, dann ist sie auf unserer Seite. Wir, das sind der Sozialistische Hochschulausschuß, das anarchistische Zentrum und das Frauen-Lesben-Referat. Wir fordern ..."

Lotte knüllte den Zettel zusammen und warf ihn in den nächsten Abfalleimer, auf dem *„Nur für Papier"* stand.

Sie trat an das große Schwarze Brett. Ganz links hingen die Pläne mit den Lehrveranstaltungen für dieses Sommersemester. Sie suchte nach den Ankündigungen des Instituts für Finnougristik. Da waren sie:

„Prof. Dr. Walter Berghäuser, Institutsvorstand

Dr. Andreas Scholz, Akademischer Oberrat

Frau Rita Millenkötter-Hovilar MA, Lektorin für Finnisch".

Groß war das Institut ja nicht. Dann kamen die Vorlesungsankündigungen:

„Die Sprachdenkmäler der ostseefinnischen Sprachen (Einführungsvorlesung, 2 Stunden, Anfänger) Prof. Dr. Berghäuser

Einführung ins Syrjänische und Wotjakische (Vorlesung, 2 Stunden) Prof. Dr. Berghäuser

Lektüre und Interpretation ostjakischer Texte (Proseminar, 2 Stunden) Dr. Scholz

Interkulturelle Kommunikation und Kompetenz. Arbeit in gemischt-kulturellen Gruppen unter besonderer Berücksichtigung des Kama-Wolga-Raumes (Hauptseminar, Zeit nach Vereinbarung) Prof. Dr. Berghäuser/Frau Millenkötter-Hovilar".

Lotte war ratlos. Was mochte dies alles bedeuten und wozu brauchte man es? Sie wandte sich weiter nach rechts, zur Rubrik *„Verschiedenes"*, und las mit Interesse:

„Zimmer frei in Chaoten-WG am Europakanal! Kurti, 24, studiert Pädagogik und quält gern unsere Katze. Tobi, 24, studiert Medizin und ist mit seinem Computer verheiratet, Lars, 27, macht momentan gar nix und quält uns mit irischer Volksmusik. Wir bieten dir Gemeinschaftsküche, Partygarantie und maximale Gaudi.

PS: Theologen unerwünscht!"

Dann stand da noch:

„Suche Meister-Proper-Mann, der mir beim Umzug helfen kann! Ruft Sabine an!"

Darunter hingen mehrere Abschnitte mit Sabines Telefonnummer.

Lotte stellte sich einen durchtrainierten, kahlgeschorenen Sportstudenten vor, der Sabine beim Umzug half. Wie sie sich wohl bei ihm bedanken würde? Vielleicht mit einem Täßchen Spüli?

Weiter suchte jemand eine Reisepartnerin für September/Oktober und fragte, ob jemand *„Bock hat, durch den Norden Kenias zu wandern. Wir können aber auch was total anderes machen, wenn du eine gute Idee hast."* Lotte holte einen Stift heraus und pinselte daneben:

„Ich möchte gern im ostjakischen Sprachraum interkulturelle Kommunikation betreiben. Hast du da Bock drauf?"

Dabei erschrak sie fast ein wenig über ihre ungewohnte Dreistigkeit. Otto hätte wahrscheinlich noch die Telefonnummer der Stiftsleitung dazugeschrieben, aber das traute sie sich denn doch nicht.

Dann bot noch jemand ein unbehandeltes Sofa aus Massivholz (*„VB 7000 DM"*) an. Ein roter Zettel glich einem Hilfeschrei:

„Studienplatztausch! Zahnmedizin 1. Semester. Wer hilft ZVS-Opfer? Möchte nur eines – aus diesem Kaff weg!"

Und schließlich studierte sie eine mysteriöse Anzeige, in der *„euer Ingo"* ein Didgeridoo aus echt australischem Eukalyptusholz, ein Meter dreißig lang, anbot und mitteilte, dies sei *„the real Bassbooster!"* und *„psychoaktiv!"*.

Lotte grübelte. Das würde doch wohl nichts Unanständiges sein? Sie sah auf die Uhr und entschied, den Weg zum Professor anzutreten. Sie beschloß, erst noch bei der Sekretärin hereinzuschauen, damit diese sie beim Professor ankündigen konnte.

„Ankündigen?! Na, Sie sind gut. Sie sehen doch, was hier los ist!"

Lotte sah gar nichts. Nur einen leeren Schreibtisch, eine Kaffeetasse und ein Schminktäschchen.

„Da müssen Sie sich schon draußen hinsetzen und warten, bis Sie dran sind."

Im Gang draußen sah Lotte eine altersschwache Holzbank, auf der zwei Studentinnen saßen.

„Warten Sie auch auf Professor Berghäuser?“ fragte Lotte freundlich.

Die beiden nickten gottergeben und schwiegen.

„Kann ich mich zu Ihnen setzen?“

Die beiden nickten wieder und rutschten stumm zur Seite. Lotte ließ sich auf der Armesünderbank nieder und wartete.

„Wie lange dauert so was denn normalerweise?“ wandte sie sich an die eine.

„Na das kann schon dauern“, war die apathische, unbestimmte Antwort. Lotte gab nicht auf:

„Studieren Sie auch Finnougristik?“

In die eine kam etwas Leben:

„Ich mache nächste Woche meine Magisterprüfung bei ihm (ihr Kinn zeigte in Richtung Tür des Professors). Meine Arbeit ist schon geschrieben. ‚Über den agglutinierenden Sprachtyp des Mordwinischen.‘“

„Schön“, sagte Lotte, „und was ist das Mordwinische? Das klingt so blutrünstig.“

„Nee, ist es nicht. Mordwinisch gehört zur wolgafinnischen Sprachgruppe. Sein (ihr Kinn zeigte wieder zur Tür des Professors) absolutes Lieblingsgebiet.“

„Schön“, sagte Lotte wieder. „Und was macht man so, wenn man fertiger Finnougrist ist?“

„Man bildet neue Finnougristen aus.“ Die Studentin lachte hysterisch, um im nächsten Moment ganz schwermütig zu schauen. „Das ist ja das Problem.“

Lotte nickte anteilnehmend.

Die andere holte eine Thermoskanne mit Tee aus ihrem Rucksack und goß sich eine Tasse ein.

„Mate-Yogi-Tee, der wirkt darmstabilisierend und beruhigend. Kennen Sie den?“

Lotte mußte leider bedauernd verneinen.

„Ich steh' sonst diesen Streß hier nicht durch. Hab' es schon mit Bachblüten versucht, nichts hilft."

Sie brütete wieder vor sich hin, begann dann aber erneut laut zu jammern:

„Warum hab' ich mir gerade dieses Ekel für die Zwischenprüfung ausgesucht?"

Nun schaltete sich die andere ein:

„Da wirst du dich aber schon etwas aufbrezeln müssen. So kannst du da nicht hingehen. Er steht auf kurze Röcke und den ganzen Scheiß."

Die eine sah an ihrer bunt gemusterten Hose mit Gummizug und den Birkenstocksandalen hinunter und nölte zweifelnd:

„Meinst du, das hilft was?"

Da ging plötzlich die Nebentür auf. Eine ansehnliche Mitdreißigerin kam mit forschem Schritt auf Pumps daher, klopfte nur kurz an der Tür des Professors und trat schon ein.

„Das war die Millenkötter-Hovilar", informierte die eine Lotte.

„Hat er was mit der oder plaudern die beiden nur ein bißchen auf mordwinisch miteinander?" fragte Lotte und wunderte sich über sich selbst.

Die beiden Studentinnen wiegten die Köpfe. Man wußte nichts Genaues. Lotte nahm einen neuen Anlauf.

„Das ist doch ein kleines Institut, da kennt man sich doch untereinander. Robert Wohlmann hat doch auch hier studiert?"

„Klar", versetzte die mit den Birkenstocksandalen.

„Aber der ist tot", ergänzte die andere. Sie beugte sich zu Lotte rüber und senkte die Stimme:

„Robby hatte was mit der Frau von ihm (ihr Kinn deutete wieder Richtung Tür). Er hat sie auf einer Institutsfeier angebaggert, und sie ist voll drauf abgefahren. Das war ein starker Abend."

Sie gaggerte vor sich hin. In dem Moment stöckelte Frau Millenkötter-Hovilar wieder entschlossenen Schrittes aus dem Zimmer des Professors und verkündete beiläufig zur Armesünderbank hin:

„Der nächste kann reinkommen."

Die Magisterkandidatin erhob sich lustlos und verschwand im Zimmer von Berghäuser. Lotte und die Studentin mit den Birkenstocksandalen rückten ein Stück auf ihrer Bank auf.

Die Nervosität war Lotte auf die Blase geschlagen, sie mußte sich bei ihrer Banknachbarin nach dem WC erkundigen.

„Sie halten mir doch inzwischen den Platz frei?"

Die andere nickte bereitwillig.

Lotte verschwand auf dem Institutsklo. Im Sitzen las sie:

„Lesben aller Länder vereinigt euch!" Und:

„Sexueller Mißbrauch? Notruf tags und nachts unter 29684!"

Jemand hatte mit Filzstift drunter geschrieben:

„Au Klasse! Kann man sich bei euch sexuell mißbrauchen lassen?"

Lotte schüttelte den Kopf. Irgendwie war das eine andere Generation! Sie kehrte auf ihre Bank zurück und versuchte den Gesprächsfaden wieder aufzunehmen.

„Studieren Sie noch etwas anderes außer Finnougristik?" Die Studentin nickte.

„Das hier mache ich nur im Nebenfach. Eigentlich studiere ich Völkerkunde und Afrikanistik."

„Liegt das nicht ein bißchen weit auseinander?" wagte Lotte einzuwenden. „Hat das denn etwas miteinander zu tun?"

„Nee, gar nichts. Das ist es ja gerade. Die Berufsberaterin hat gesagt, heutzutage muß man den Mut haben, ungewöhnliche Wege zu gehen, wenn man auf dem Arbeitsmarkt eine Chance haben will. Finnougristik und Afrikanistik macht außer mir keiner."

„Und was macht man dann, wenn man fertig ist?" wollte Lotte wissen.

Die Birkenstockfrau zuckte die Schultern.

„Ich könnte in Finnland Afrikaner ausbilden oder in Afrika Finnen unterrichten ... Oder so ...", setzte sie achselzuckend hinzu.

„Das wäre natürlich eine Möglichkeit." Lotte versuchte ihrer Stimme einen optimistischen Unterton zu geben. „Vielleicht mach' ich aber auch was ganz anderes", überlegte die Studentin. „Ich weiß nicht, ob darin die Zukunft liegt. Vielleicht mache ich auch slawische Philologie ... oder ich werde Grundschullehrerin ... oder ..." – ihre Stimme klang elend vor Depression – „oder ... ich heirate ..."

Lotte wußte auch nicht, wie sie da helfen sollte. Doch da ging zum Glück die Tür auf, die Magisterkandidatin trat heraus und meinte:

„Los, du kannst reinkommen. Viel Spaß."

Die Depressive schraubte ihre Thermoskanne zu und schleppte sich ins Zimmer. Lotte sah den blank gewienerten Gang entlang und war nervös.

Nach endloser Zeit kam die Depressive wieder heraus. Sie wirkte noch trauriger.

„Alles Scheiße", murmelte sie in Lottes Richtung. „Ich fang' doch mit slawischer Philologie an."

Halb schon im Vorbeischlurfen fiel ihr plötzlich noch etwas ein:

„Was wollen Sie eigentlich von dem?"

„Das", lächelte Lotte, „ist eine Überraschung."

Sie klopfte vorsichtig an die halb offene Tür und trat

ein. Der Professor saß hinter seinem Schreibtisch und telefonierte. Ohne einen Moment aufzusehen, winkte er sie heran, sie rutschte auf die äußerste Kante des Stuhles auf der anderen Schreibtischseite und wartete.

Es schien ein längeres Gespräch zu werden, bei dem es sich offenbar um die Vorbereitung eines internationalen Finnologenkongresses in Turku drehte. Der Professor schien damit ein kleines Problem zu haben. Nein, nein, nein, unter gar keinen Umständen sei er bereit, seine kostbare Zeit in Turku zu vertrödeln, wenn wirklich dieser Kollege aus Bochum eingeladen würde. Dessen These, das Tscheremissische gehöre im Gegensatz zum Mordwinischen nicht zur wolgafinnischen Sprachgruppe, sei ein Skandal, mache die ganze Zunft lächerlich und den Kongreß zum Gespött der Weltöffentlichkeit.

Lotte fragte sich, ob das Gewissen der Weltöffentlichkeit tatsächlich hinreichend geschärft war, um dieses Problem gebührend zu würdigen. Während ihre Finger nervös an ihrem Stock entlangfuhren, sah sie sich um.

Der Raum hatte den spröden Charme einer unaufgeräumten Klosterzelle. Bücher, aufgeschlagene Fachzeitschriften und Aktenordner stapelten sich auf jedem freien Plätzchen. Ein aufgeklappter Kopierer stand auf dem Fensterbrett neben einer Kaffeemaschine und zwei armseligen verstaubten Grünpflanzen in ausgeblühten Tontöpfen. Die Regale waren vollgestopft mit Fachliteratur. Dazwischen kleine geschnitzte Holzfiguren, wahrscheinlich wolgafinnisch.

Der Professor geriet derweil am Telefon immer mehr in Erregung. Ganz abgesehen von seiner mangelnden fachlichen Qualifikation sei der Kollege aus Bochum auch menschlich ein – er sagte wirklich – „Arschloch". Noch so ein Zusammenstoß wie auf dem letzten Kongreß in Vantaa und er, Professor Berghäuser, werde alle Ämter im internationalen Finnologenverband niederlegen. Er könne es natürlich auch gleich tun! Er sei es nicht gewohnt, daß in diesem Ton mit ihm geredet werde!

Das Telefonat schien keine gute Wendung zu nehmen, denn schließlich knallte der Professor zornrot den Hörer auf die Gabel. Einen Moment lang saß er schweigend und schnaufend da und starrte aus dem vorhanglosen Fenster auf die anderen Betonbauten der Fakultät. Schließlich knurrte er, ohne hinzusehen, an Lottes Adresse:

„So, und was ist mit Ihnen los?"

Lotte bemühte sich um eine feste Stimme und antwortete:

„Ich bin gekommen, weil ich e-i-j-ne Stiftung machen möchte."

Der Professor drehte sich um, sah sie zum ersten Mal an, und seine Züge hellten sich auf.

„Ja richtig, meine Sekretärin sprach davon. Wie schön, Sie kennenzulernen."

Er erhob sich zu stattlicher Größe, strich seine graue Cordjacke glatt und kam um den Schreibtisch herum, um Lotte die Hand zu geben. „Setzen wir uns doch ein wenig hierher, das ist nicht so formell."

Er schob auf der kleinen Sitzgarnitur in der Ecke des Zimmers die Bücherstapel zusammen, räumte einen Pakken Klausuren weg und bot Lotte einen Platz an. Dann setzte er sich ebenfalls hin, begann seine Brille mit einem gebrauchten Taschentuch zu putzen und sah Lotte erwartungsvoll an.

Lotte sprach erst mit schwankender, dann immer festerer Stimme von ihrem verstorbenen Gatten, dessen ganze Liebe – trotz seiner Tätigkeit bei der Firma – der Finnougristik gehört habe, und berichtete von der umfangreichen Bibliothek, die er zusammengetragen habe.

Der Professor sprach Lotte in lebhaften Worten sein Beileid zum Hinscheiden ihres Gatten aus und erkundigte sich vorsichtig, wie viele Bände die Bibliothek des Gatten denn ungefähr umfaßt habe. Mehrere hundert Bände, wohl an die tausend? Wie schön, wie schön. Lotte ahne ja gar nicht, wie sehr gerade die sogenannten Orchideenfächer unter der allgemeinen Mittelkürzung zu leiden hätten. Man verkenne einfach die gesellschaftliche Relevanz eines Faches wie das der Finnougristik.

Lotte pflichtete bei. Eben, eben, meinte sie, dabei sprächen doch zwanzig Millionen Menschen diese Sprache. Gerade in Zeiten (sie überlegte fieberhaft, wie das Wort auf der Vorlesungsankündigung geheißen hatte) wachsender „interkultureller Kommunikation" sei ein Fach wie die Finnougristik nötiger denn je.

Der Professor war entzückt. Selbst unter Fachkollegen hier in der Fakultät finde er selten Persönlichkeiten mit so viel Sachverstand und Weitblick.

Lotte wurde kühner. Sie erzählte, ihr verstorbener Mann habe die Forschungen von Professor Berghäuser mit größtem Interesse und Anteilnahme verfolgt und selbstverständlich alle seine wichtigen Werke besessen. Sie, Lotte, schätze sich froh und glücklich, daß es ihr nun vergönnt sei, den wichtigsten Finnougristen (sie holte tief Luft) Europas persönlich kennenzulernen.

Der Professor strahlte vor Würde und Bedeutung und wiederholte, daß er sich seinerseits ebenfalls glücklich schätze, eine Mäzenin mit so viel Fachverstand und Weitblick kennenzulernen. Von wem sie denn, wenn er fragen dürfe, an sein Institut empfohlen worden sei?

Lotte holte nochmals tief Luft und sagte dann:

„Ein Bekannter von mir. Robert Wohlmann."

Langsam überflutete die Röte das Gesicht des Professors, und er schnaubte:

„Ich bedaure, wenn ich Sie kränken muß, gnädige Frau,

aber Robert Wohlmann war ein miserabler Student, nicht unbedingt eine Zierde unseres Instituts."

„Der Ansicht", Lottes Stimme war schwach vor Aufregung, „war Ihre Frau wohl nicht."

Der Professor starrte sie schwer schnaufend an, sagte gar nichts, nahm seine Brille ab und begann, sie wieder zu putzen, fuhr sich dann mit dem gebrauchten Taschentuch über sein gerötetes Gesicht, schnaufte nochmals schwer, rang um Fassung und sagte schließlich:

„Verehrte gnädige Frau. Sie ahnen ja gar nicht, was so alles geredet wird. Neid und Mißgunst der Fachkollegen, die es nicht ertragen, wenn aus dem Mittelmaß des akademischen Alltags (er richtete sich zu voller Größe auf) eine Persönlichkeit herausragt. Im übrigen", er machte eine lange Pause, „verlangt meine Tätigkeit hier (er wies mit dem Arm über die Stapel von Büchern, Zeitschriften und staubigen Grünpflanzen) meinen vollkommenen Einsatz. Da bleibt wenig Zeit für ein Privatleben. Mit anderen Worten, gnädige Frau (er beugte sich zu Lotte herüber), ich bitte um Ihr Verständnis, wenn ich Ihnen das so offen sage, wir führen eine tolerante Ehe. Wenn Sie so wollen, mein Opfer an die Wissenschaft. Aber behalten Sie das bitte für sich."

Lotte blickte teilnahmsvoll und dachte zitternd:

„Otto, nun wird die letzte Runde eingeläutet."

Dann beugte sie sich zu dem Professor hinüber und sagte so freundlich sie konnte:

„Lieber, verehrter Professor, läßt Ihre aufreibende Tätigkeit hier am Institut eigentlich die Zeit zu einem gewissen sportlichen Ausgleich? Mein Neffe, er ist Oberarzt, sagt immer, gerade Männer in Spitzenpositionen brauchen das. Mit anderen Worten, spielen Sie Tennis oder etwas ähnliches?"

Der Professor sah sie durch seine Brille fassungslos an,

strich mit beiden Händen durch die Haare und erwiderte: „Ich verstehe Ihre Frage nicht ganz. Ja, ja ein wenig Sport wäre sicher vom medizinischen Standpunkt ratsam."

Er blickte an seinem massigen Körper herunter.

„Aber Sie sehen ja selbst (wieder machte er eine Handbewegung über Bücherberge und Grünpflanzen), mir bleibt keine Zeit. Höchstens hie und da etwas Schilanglauf in Finnland. Wie kommen Sie auf Tennis?"

„Sehen Sie", begann Lotte zögernd und fixierte die Zimmertüre, „da muß ich etwas weiter ausholen. Ich habe eine reizende Großnichte und einen ebenso netten Großneffen. Leider streiten sie gelegentlich. Neulich gingen sie mit einem Tennisschläger aufeinander los. Meine Großnichte schlug mit der Kante des Schlägers zu, und das hinterließ auf dem Arm meines Großneffen zwei schmale parallele Streifen. Und wissen Sie, woran ich mich neulich in einer schlaflosen Nacht erinnerte? Genau solche schmale parallele Streifen hatte Robert Wohlmann an der Schläfe, als man ihn fand. Ich frage mich, ob er nicht mit einem Tennisschläger niedergeschlagen und dann in den Fluß geworfen worden ist. Ermordet."

Der Professor saß ganz still und stierte sie an. Dann nahm er seine Brille ab, seine Augen flackerten. Er zischte:

„Soll das heißen, Sie trauen mir zu, daß ich diese wissenschaftliche Null, diesen nichtsnutzigen Gecken, diesen windigen Vorstadtcasanova auf dem Gewissen habe?"

Lotte rutschte auf ihrem Stuhl ganz nach vorne, umklammerte ihren Stock, überlegte, wie sie so schnell wie möglich die Türe erreichen könnte, und stieß dann tonlos heraus:

„Ich könnte es mir vorstellen. Ihre Frau hat ihn geliebt. Wußten Sie, daß Ihre Frau auf das Grab des (sie zögerte einen Moment) ... des ermordeten Robert ein Herz aus lauter roten Rosen gelegt hat?"

Der Professor wurde flammend rot im Gesicht, seine Hand krampfte sich um das gebrauchte Taschentuch, Schweiß stand auf seiner Stirn. Er sprang aus seinem Sessel hoch und schrie:

„Wie kommen Sie denn auf so was? Und überhaupt, was heißt ermordet? Es war ein Unfall, die Ermittlungen sind eingestellt! Und was geht Sie das alles an?"

Lotte rappelte sich so schnell es ging hoch, faßte ihren Stock und wich langsam zur Tür zurück.

„Sie können mir mit Ihren Büchern gestohlen bleiben!" schrie der Professor.

Lotte ging einen Schritt rückwärts, dann noch einen Schritt und noch einen. Sie tastete mit der Hand hinter sich und bekam die Türklinke zu fassen. Sie drückte sie herunter, während der Professor mit hochrotem Kopf langsam immer näher kam, zwängte sich durch den Türspalt, blieb mit dem Stock fast an der Klinke hängen und hörte Berghäuser schreien:

„Sie können sich Ihre verdammte Stiftung", seine Stimme überschlug sich, „die können Sie sich, jawohl, in den (Lottes Gesicht zuckte) Hintern stecken!"

Dann schlug Lotte die Türe hinter sich zu und hastete so schnell sie konnte den blank gewienerten Flur des Instituts für Finnougristik entlang, Richtung Ausgang.

XV

„Wie schade. Ich hatte mich so auf den Abend gefreut. Natürlich verstehe ich das. Jürgens Arbeit geht vor. Aber warum muß ausgerechnet immer er einspringen? Die vielen Nachtdienste werden langsam zu viel für ihn, er ist auch nicht mehr der Jüngste. Du solltest darauf achten, daß er sich ein bißchen schont, Jutta. Kein Alkohol, dafür ein wenig Sport. Nein, nein, ich will mich nicht einmischen, ich glaube dir, daß das schwierig ist ... Selbstverständlich freue ich mich auch, wenn du mit mir in die Oper gehst. Aber ihr habt mir doch drei Karten für ‚Don Giovanni' geschenkt. Wen nehmen wir denn statt Jürgen mit?

Oberingenieur Wolf? Wie kommst du denn auf den? Der ist doch taub wie ein Stockfisch und viel zu alt ...

Frau Dr. Grabert? Der fehlt jegliches Feingefühl für so was. Außerdem redet sie so schrecklich laut. Wie wäre es denn mit ..." (Nein, um Gottes willen, Ottos Frau war ja längst von ihrer Schwester im Schwäbischen zurück. Wie konnte sie so etwas auch nur denken? ... Ach, mit Otto in die Oper gehen ... in der Pause würde er ihr ein Glas Champagner und ein Kanapee holen ... es würde sehr lustig sein ... wahrscheinlich würde er im weißen Dinnerjacket zwischen all den Leuten im Foyer stehen, das Champagnerglas in der Hand, und mit theatralischem Gesichtsausdruck singen *„Reich mir die Hand mein Leben"*, ... er sang doch so gerne ...)

„Bitte? Doch, doch, Jutta, ich höre dir noch zu ... Frau Schobert? Ich weiß nicht." Lottes Stimme klang völlig lustlos.

„Ja, ja ich erinnere mich, sie war damals ganz angetan, als sie auf der Geburtstagsfeier von eurem Geschenk gehört hat. Ihr Mann mag so was wohl nicht. Naja, das wäre natürlich auch eine Idee." Lottes Stimme klang lahm. „Wenn du willst, kannst du sie ja fragen."

Frau Schobert sagte überrascht zu. Sehr gerne, sie komme selten von zu Hause weg. Ein wenig Abwechslung werde ihr guttun. Aber sie habe für solche Anlässe gar nichts anzuziehen. Jutta meinte, der schwarze Rock von der Beerdigung passe immer, dazu irgendeine nette Bluse, heute sei das alles nicht mehr so formell.

So war auch dieses Problem gelöst.

Samstag mittag legte sich Lotte auf ihr Sofa – ganz vorsichtig, damit die frisch gelegten Locken keinen Schaden nahmen, trank in kleinen Schlucken Kamillentee mit Honig, denn die Erkältung wollte einfach nicht besser werden, und hörte die alte Don-Giovanni-Platte aus der Reihe *„Festliche Stimmen"* mit Hermann Prey und Erika Köth. Mein Gott, waren das herrliche Melodien: *„Schöne Donna dies genaue Register"* ... die *„Champagnerarie"* ... *„Reich mir die Hand mein Leben"*.

Sie begann sich zu freuen, auch wenn Otto nicht dabei war und die Sänger, wie ihr Jutta noch mitgeteilt hatte, auf italienisch singen würden – heute machte man das wohl so.

Sie war gerade dabei, die Brokatbluse zuzuknöpfen, da klingelte das Telefon. Sie hob ab und hörte ein Kind laut zetern und lamentieren. Ein Hund kläffte wie irre.

Lotte schrie in den Hörer: „Jutta, bist du's?"

Jutta schrie zurück: „Ja, warte mal einen Moment!"

Das Kläffen wurde leiser. Wahrscheinlich sperrte sie mal wieder den Dackel ins Gästeklo. Das Kind zeterte immer noch. Dann war Jutta wieder am Apparat, völlig gehetzt:

„Es tut mir leid, Tante Lotte. Ich hatte mir das so schön vorgestellt mit deinem Geburtstagsgeschenk."

Max habe heute nachmittag in einer stillen Stunde ein Arzthemd von Jürgen orange gebatikt, um es nachträglich noch mit seinem neuesten Lieblingsspruch *„Das Elend hat viele Gesichter – Wie gefällt dir meins?"* zu versehen. Den Rest der orangen Batikfarbe habe er in einem Anfall von Ordnungswahn in eines der leeren Plastikfläschchen von Lisbeths Haarfärbemittel gefüllt. Die habe heute kurzfristig beschlossen, ihre blonden Haare nachzufärben, und sich gefreut, daß vom letzten Mal noch Färbemittel übrig war. Jetzt habe sie orange Haare, sitze heulend in der Küche und drohe, sich das Leben zu nehmen oder wahlweise ihren Bruder umzubringen.

Jutta wolle versuchen, zu retten, was noch zu retten sei. Sie komme so bald wie möglich nach. Sie habe schon mit Frau Schobert gesprochen, die hole Lotte gleich mit dem Wagen ab. Im Hintergrund hörte Lotte, wie Lisbeth immer noch heulte und zeterte. Sie versuchte, nicht allzu enttäuscht zu sein.

Als Lotte aus ihrem Appartement herunterkam, wartete Frau Schobert schon im Toyota am Eingang des Stifts – zum Glück, denn es regnete in Strömen. Frau Schobert trug den besagten schwarzen Rock, eine weiße Bluse und eine selbst bestickte Weste mit Blumenmotiven, darüber eine dreiviertellange Jacke. Sie kam Lotte mit dem aufgespannten Schirm entgegen.

„Ich war ganz überrascht, daß Sie an mich gedacht haben, Frau Askoleit", sagte sie und half Lotte beim Einsteigen. „Ich hoffe, Ihre Nichte kann rechtzeitig im Theater sein. Zu dumm, diese Geschichte mit dem Haarfärbemittel. Ja, so ist das, wenn man Kinder hat. Katharinalein hat auch heute ihren ganzen Pulli mit Kakao bekleckert."

„Ich hoffe", sagte Lotte, während sie ihren Stock verstaute und sich anschnallte, „Ihr Mann ist nicht zu böse, daß wir Sie heute in die Oper entführen."

„Mein Mann? Nein, nein. Der ist Samstagabend sowieso nie da", sagte Monika, während sie in den Rückspiegel sah und Gas gab. „Das Problem war, einen Babysitter für meine zwei Mäuse zu finden. Ich kann sie doch abends noch nicht alleine lassen."

Lotte nickte verständnisvoll.

„Ihr Mann hat wohl am Samstag seinen Stammtisch?" erkundigte sie sich neugierig.

„Nein, nein, so was macht er nicht. Samstags, da spielt er immer Tennis."

Lottes Atem stockte. Ihre Augen weiteten sich, und sie drehte ihren Kopf mit einem Ruck zu Monika Schobert, die durch die regennasse Scheibe auf die Fahrbahn sah. Sie starrte Frau Schobert an, die sich aufs Fahren konzentrierte, und überlegte fieberhaft. Es mußte eine harmlose Erklärung geben. Natürlich!

„Ja richtig", sagte sie, „be-i-j Ihnen im Stadtwesten ist ja der große Sportvere-i-j-n. Aber ...", sie zögerte, „kann Ihr Mann denn dort auch be-i-j Regen spielen? Haben Sie da draußen eine Tennishalle?"

„Nein, nein", versetzte Monika und stellte den Scheibenwischer schneller, „er spielt schon immer in der Herrenmannschaft des Turnerbundes. Die haben eine Halle. Seit dieser Saison spielt er in der Jungseniorenmannschaft, Bezirksliga", ergänzte sie stolz.

„Ne-i-j-n", murmelte Lotte fast unhörbar.

Sie fuhren über die Schwabachbrücke, wo man vor ein paar Wochen Robby herausgezogen hatte, den Berg hinauf zum Martin-Luther-Platz und bogen in die Neue Straße Richtung Theater ein. Das Pflaster glänzte regenschwarz, die Tropfen auf der Windschutzscheibe reflektierten das

Licht der Straßenlampen, das Auto durchpflügte große Pfützen, Wasser spritzte an den Seiten hoch, die Scheibenwischer rasten nervös hin und her.

„Aber normalerweise nimmt er doch das Auto? Sicher sind wir zwei heute schuld, daß er bei diesem schrecklichen Wetter mit dem Fahrrad fahren muß, nicht wahr?"

Lotte suchte noch immer einen Weg, ihren schrecklichen Gedanken zu entkommen.

„Nein, nein, nein, da irren Sie sich aber. Er sagt immer: Das sind mir schöne Sportler, die mit dem Daimler vorfahren und sich dann wie Boris Becker aufführen. Er nimmt grundsätzlich das Rad."

Lotte sank in sich zusammen.

Sie kreisten um den Theaterplatz, Frau Schobert hielt nach einem Parkplatz Ausschau.

„O Gott", murmelte Lotte, ihre Stimme war wie ein Reibeisen, sie starrte Monika von der Seite an, „wissen Sie, was Sie da gerade gesagt haben? Er fährt jeden Samstagabend an der Schwabach entlang ... mit einem Tennisschläger." Und dann ganz leise, wie zu sich selbst: „Er fährt da entlang, wo Robert gestorben ist."

Monika drehte langsam den Kopf zu Lotte. Ihre Pupillen weiteten und weiteten sich. In dem fahlen Regenlicht sahen ihre Wangen hohl aus, unter den Augen hatte sie schwarze Ringe. Mit hektischen Bewegungen schaltete sie herunter, trat auf die Bremse und hielt unvermittelt mitten auf dem Parkplatz an. Der Regen lief in Strömen die Scheiben herunter. Die Tropfen schlugen schwer wie ein Trommelfeuer auf dem Autodach auf. Sie sah Lotte wortlos an, kreidebleich, schwieg endlos und murmelte schließlich tonlos:

„Ja ... Frau Askoleit, ja, Sie haben recht."

Lotte hatte das Gefühl, als wiche ihr das Blut aus den Adern, in ihrem Kopf hämmerte es, hämmerte und hämmerte. Was nun? Was sollte sie tun? Das konnte doch nicht wahr sein ... Da klopfte es an die Scheibe. Jutta stand da, mit Schirm und Minirock, bester Dinge.

„Na ihr zwei, traut euch wohl bei dem Wetter nicht aus dem Auto raus? Los jetzt, da ist doch noch ein Parkplatz! Hab's doch noch rechtzeitig geschafft zu kommen. Lisbeth hat es sich noch mal überlegt. Sie findet die orangen Haare jetzt voll geil. Sie will Max überreden, sich auch die Haare orange zu färben. Ich habe gesagt, sie sollen nur den Dackel in Ruhe lassen. Na also, Kinder, alles halb so schlimm!"

Jutta war so aufgekratzt, daß ihr nicht auffiel, wie stumm ihre beiden Begleiterinnen waren. Lotte ging schwer an ihrem Stock. Frau Schobert bemühte sich nicht einmal, um die großen Regenpfützen einen Bogen zu machen. Im Strom der festlich gekleideten Premierengäste erreichten sie das Markgrafentheater und gaben die Mäntel ab. Jutta plauderte unentwegt. Sie habe heute mittag mal in den Opernführer geguckt. Sei ja eine wüste Geschichte, diese Oper und dieser Don Giovanni, alles was recht ist – ein Frauenheld, ein ganz hartgesottener! Steigt doch gleich am Anfang bei einem Mädchen durchs Fenster, wird erwischt, der Vater kommt ihm hinterher, die beiden kämpfen, und er erschlägt ihn.

„Don Giovanni wird erschlagen?" Monikas Hände krampften sich um das Programmheft.

„Quatsch. Der Vater natürlich. Sonst wäre das Stück ja gleich aus. Don Giovanni treibt es immer bunter. Weiber, Weiber, er ist erst am Schluß dran, Sie werden schon sehen", erläuterte Jutta gutgelaunt und zündete sich eine Zigarette an.

Monika Schobert fuhr sich mit klammen Fingern am Kragen ihrer Bluse entlang und bat, man möge sie einen Moment entschuldigen, ihr sei übel. Sie drängte sich zwischen den vielen Menschen durch – Richtung Toilette. Die beiden anderen blieben zurück. Jutta rauchte, Lotte starrte erst Monika nach und sah dann schweigend auf die immer größer werdende Zahl der erwartungsvollen Besucher.

Das Interesse an der Premiere war riesengroß. Wann gab es in der alten Markgrafenstadt schon eine Oper zu sehen? Man erwartete eine junge, engagierte Compagnie von Sängern aus der Region und noch dazu einen Gastregisseur, der erst jüngst für Furore in der Kulturszene und im Blätterwald der überregionalen Feuilletons gesorgt hatte. In einer Inszenierung der „Zauberflöte" während Papagenos Arie *„Ein Mädchen oder Weibchen wünscht Papageno sich"* hatte er Hitler, Stalin und Chaplin über die Bühne marschieren und gleichzeitig die Königin der Nacht den Fußboden schrubben lassen. Während die einen daran die Entmythologisierung und Politisierung einer kleinbürgerlichen Sichtweise lobten, fühlten sich die anderen schlicht auf den Arm genommen. Die Aufführung hatte in einer Buh- und Bravo-Schlacht geendet.

Seitdem war der Regisseur, den man allgemein zu den „jungen Wilden" in der Opernszene rechnete, ein Star und die neue Hoffnung des Regietheaters. Für die nächste Spielzeit hatte er in Aussicht gestellt, er wolle in Mannheim die „Fledermaus" inszenieren, und zwar vor dem Hintergrund eines russischen Dissidentengulag der fünfziger Jahre im Ural. Die Kulturszene wartete bereits mit ungeduldiger Spannung darauf.

Der Kulturreferent der Stadt konnte sich mithin glücklich schätzen, zum Jubiläum der Theatertage einen so engagierten Regisseur gewonnen zu haben. Und so sahen Lotte und Jutta zur heutigen Premiere nach und nach die ganze Prominenz der Stadt eintreffen: den Bürgermeister und den Kulturreferenten, den Imageberater der Stadt, die Frauenbeauftragte, den Landtagsabgeordneten, die Presse und die Stadträte (die Stadträtinnen diesmal nicht in Dirndlkleidern, sondern in cremefarbenen Ensembles). Auch einige Gewerkschaftsfunktionäre wollten an dem kulturellen Ereignis des Jahres teilnehmen. Man konnte sie von der übrigen Prominenz dadurch unterscheiden, daß sie statt der anthrazitfarbenen oder schwarzen Anzüge tannengrüne oder rostrote Jacketts und Brillen mit Messinggestell von Fielmann statt von Armani trugen.

Die Erwartungen an den heutigen Abend waren allgemein groß. Der Regisseur hatte in der Presse und im Programmheft angekündigt, er setze „voll auf das Innovationspotential des Don-Giovanni-Stoffes", wolle die „dramaturgischen Formen aufbrechen" und an einer „konsequenten, konstruktiven Problematisierung des Stoffes" arbeiten. „Authentizität" sei das Schlagwort!

Dazu müsse man das Stück „gegen den Strich bürsten", um der „faszinierenden Komplexität des Stoffes" auf die Spur zu kommen und der „eindimensionalen Reduzierung auf ein vernascht-albernes Sex-Melodram" entgegenzuwirken. Zwar verwahre er sich ausdrücklich gegen eine „vordergründige Aktualisierung, ja Instrumentalisierung" des Stoffes, doch solle der Zuschauer (allzuoft nur ein Kulturkonsument!, wie er strafend vermerkte) sich bewußt am Gegeneinander von gestern und heute reiben und die „Vermitteltheit seiner eigenen Existenz" realisieren.

Warum also nicht – nur um ein Beispiel zu geben – Donna Anna mit gepuderter Markgräfinnenperücke und hautenger Radlerhose auftreten lassen? Über die lokalen Bezüge dieses inszenatorischen Glanzpunktes (einerseits die historische Tradition der Stadt, andererseits die Anspielung auf ein gerade hier sehr gebräuchliches und umweltschonendes Fortbewegungsmittel) brauche er ja wohl keine Worte zu verlieren. Kunst müsse schließlich auch regionalisiert werden! Dazu bekenne er sich ausdrücklich!

Regionalisierung sei das Stichwort! Regionalisierung und Authentizität!

Lotte stand noch immer wie betäubt im Foyer, unbeeindruckt vom aufgeregten Gesumme und Geschiebe um sie herum. Jutta sah sie besorgt an. Schlecht sah sie heute aus, die Tante, uralt.

Es hatte bereits zum ersten Mal geklingelt. Die Premierengäste machten sich auf den Weg, ihre Plätze einzunehmen. Wo blieb nur Frau Schobert? Lotte zuckte apathisch die Schultern und murmelte:

„Vielleicht ist sie gegangen?"

Jutta sah ihre Tante verständnislos an.

„Mit euch stimmt doch was nicht. Kann mir mal einer erzählen, was hier eigentlich los ist?" fragte sie spitz und drückte ihre Zigarette aus. „Ich dachte, das soll ein lustiger Abend werden."

Da tauchte Monika Schobert wieder auf. Sie war bleich und roch nach Erbrochenem.

Lottes und Monikas Augen trafen sich. Keine von beiden sagte etwas. Es klingelte schon zum zweiten Mal, als die drei Frauen endlich ihre Plätze in der Proszeniumsloge einnahmen, in der drei Stühle standen. Jutta rutschte sofort ganz nach vorne und beugte sich weit über die Balustrade. Ihre Augen wanderten über die Reihen mit den roten Sesseln, die große Markgrafenloge, die goldenen Putten, Girlanden und Quasten und die drei Ränge hoch. Sie hielt nach bekannten Gesichtern Ausschau.

Die anderen beiden lehnten stumm und teilnahmslos in ihren Stühlen.

Langsam erloschen die Lichter im Theater, das Stimmengesumm ebbte ab, es wurde still. Die Musiker hatten auf der Bühne, hinter einem Vorhang, Platz genommen. Monitore übertrugen das Bild des Dirigenten für die Sänger auf die Bühne.

Das Orchester begann mit der Ouvertüre, die Mozart noch in der Nacht vor der Uraufführung geschrieben hatte. Erst langsam, dann immer schneller, jagend, mit lauten Sforzato-Schlägen dazwischen und seltsamen Geigen- und Flötenpassagen, verminderten Akkorden, starken Crescendi und zarten Piani, abrupten Wechseln zwischen Dur und Moll, düsterem Flackern – Don Giovanni, getrieben von Frau zu Frau, gehetzt, ruhelos.

Lotte war verstört. Alles schien aus den Fugen. Ihre eigenen Gedanken peinigten sie. Warum nur hatte sie sich so tief in diese Geschichte um Robert Wohlmann hineingestürzt? Nun, wo ihr die Zusammenhänge dämmerten, fühlte sie sich hundeelend.

Um sie herum aber lief alles ab wie immer. Die Leute beklatschten die gelungene Ouvertüre, nickten sich anerkennend zu: von wegen musikalische Provinz!

Dann ging der rote Vorhang auf. Ein kühler, modriger Luftzug, der von der Bühne kam, streifte Lotte, die Härchen auf ihren Armen richteten sich auf. Sie fror.

Heute mittag beim Hören der alten Schallplatte hatte sie sich auf maurische Architektur gefreut. Ihres Wissens spielte die Geschichte in Spanien. Hätte sie zwischen all ihren schrecklichen Gedanken Zeit gehabt, im Programmheft nachzulesen, so hätte sie gewußt, daß der junge Regisseur als Kontrapunkt gegen die allgegenwärtige Reizüberflutung bewußt auf ein minimalistisches Konzept setzte.

So aber war sie verwirrt und peinlich berührt, als sich ein Guckkasten mit kahlen Neongitterwänden auftat, deren einziger Schmuck ein riesiger, ständig blinkender, fluoreszierender Phallus an der Rückwand war.

Dann trat Leporello, der Diener des Don Giovanni, auf. Er trug einen rosa Plastikfrack, eine durchsichtige Kniebundhose aus Plastik, darunter Strapse, schwarze Netzstrümpfe und Pumps.

Der Regisseur hatte dies im Programmheft damit begründet (was Lotte leider ja nicht wußte), daß er auch und gerade in Leporello ein Objekt der sexuellen Begierden Don Giovannis sehe. Der sei nämlich, davon sei er als Regisseur fest überzeugt, in Wahrheit ein heimlicher Bisexueller (ein „Krypto-Bisexueller", wie der Regisseur sich ausdrückte). Man könne das ganz leicht aus dem Libretto nachweisen. Schließlich singe Leporello in seiner berühmten Auftrittsarie: *„Notte (!) e giorno fatigar ... Keine Ruh bei Tag und Nacht (!)".*

Tag und Nacht (!) mußte Leporello also seinem Dienstherrn zu Willen sein. Und womit wohl? Eben. Er müsse sich schon sehr wundern, daß dieser perverse Zug an Don Giovanni, der selbst den eigenen Diener zum Objekt seiner sexuellen Obsessionen mache, bisher in der Opernwelt noch keine Beachtung gefunden habe!

Leporello also sang seine besagte, vieldeutige Auftrittsarie und wartete mißmutig schimpfend auf seinen Herrn, der versuchte, ins Schlafzimmer einer gewissen Donna Anna einzudringen.

Doch plötzlich jagte die Musik im Crescendo rasend schnell, überschlug sich – Don Giovanni stürzte herein, schwarz wie Zorro, mit Lederarmband, Schnallengürtel, schwarzer Rastamähne und schwarzen Lederstiefeln (die Damen im Publikum seufzten wohlig auf), verfolgt von Annas Vater, dem Komtur. Den hatte der junge Regisseur („Regionalisierung" war das Stichwort!) in das barocke Kostüm des Erlanger Markgrafen gesteckt.

Die Musik flackerte hin und her, die beiden lieferten sich einen heftigen Kampf, glutrote Neonschwerter klirrten aneinander, der Komtur sank sterbend zu Boden, von Don Giovanni tödlich getroffen. Seine weiße Perücke war verrutscht, der weite Reitermantel färbte sich mit Blut, während Flöte und Fagott mit immer tieferen Tönen sein

Ende begleiteten und Don Giovanni zynisch lächelnd dabeistand.

Lotte sah aus den Augenwinkeln, wie Frau Schobert ihre Hände gegen den Magen preßte.

Inzwischen war auf der Bühne ein weiteres Opfer des unersättlichen Verführers aufgetreten, die arme, von Don Giovanni verlassene Elvira. Sie schien mit den Freuden des Diesseits nahezu schon abgeschlossen zu haben, denn das ambitionierte Regieteam hatte sie in ein langes schwarzes Nonnengewand gesteckt, nur ein Paar feuerrote Stilettos an Elviras Füßen erinnerten noch an ihre bewegte Vergangenheit. Um den Hals trug sie ein blinkendes Neonkreuz, das mit dem ebenfalls blinkenden Neonphallus an der Wand eigenartige Interferenzen bildete. Wohl als kleine Verbeugung vor dem hiesigen Publikum schob sie ein grünes Klappfahrrad. (Der städtische Imageberater lehnte sich zufrieden zurück. Nach diesem Abend würde Erlangen als fahrradfreundlichste Stadt Deutschlands auch in den bundesdeutschen Feuilletons Furore machen.)

Während Don Giovanni sich vor seiner Ex-Liebe aus dem Staub machte, baute sich der plastikbefrackte Leporello vor der Armen auf, holte aus einem Nylonrucksack eine Klorolle heraus, rollte sie langsam auf und begann ihr zynisch vorzutragen, wie viele Eroberungen sein Dienstherr schon notiert hatte:

Sechshundertvierzig in Italien, zweihundertdreißig in Deutschland, hundert in Frankreich, neunzig in Persien und in Spanien gar eintausenddrei! Junge und Alte, Schöne und Häßliche, Blonde und Braune, Dicke und Dünne. Dabei rollte er die beschriebene Klorolle nach und nach um die betrogene Elvira in ihrem Nonnenkostüm, bis sie ganz eingepackt war, während im Hintergrund eine Gruppe von Männern in Regenmänteln und Hüten mit Koffern in der Hand auf und ab marschierten. Der Regisseur wollte damit, nach eigenem Bekunden, die Heimatlosigkeit des ewig getriebenen Frauenhelden versinnbildlichen.

Auf der Bühne entstand eine kleine Pause – Umbauarbeiten. Rascheln, Murmeln und Husten im Publikum, man tuschelte über die Aufführung. Jutta drehte sich zu Lotte:

„Na, wie findest du es?"

Lotte war völlig durcheinander, sie fror, dann war ihr wieder heiß. Sie fühlte sich elend und fiebrig, die Gedanken fuhren Achterbahn in ihrem Kopf, rasten von diesem zynischen Zorro auf der Bühne mit seinem grotesken Diener zu dem ertrunkenen Robert, zu Herrn Schobert mit seinem Tennisschläger und wieder zurück.

„Ach Jutta, verzeih mir, es ist alles so merkwürdig. Ich weiß nicht."

„Aber Tante Lotte, du mußt doch wenigstens sagen können, ob es dir gefällt oder nicht?"

Lotte versuchte ihren Gedanken eine Richtung zu geben. „Ja, die Musik, die Musik ist so wunderbar. Aber dies gräßliche blinkende Ding auf der Bühne. Muß das denn sein?"

Jutta lachte und wandte sich dann an Monika Schobert. „Und wie gefällt es Ihnen?"

Monika saß da, die Hände zusammengekrampft, und starrte auf die Bühne. Sie hatte nichts gehört.

Bevor Jutta sie noch einmal ansprechen konnte, hob sich der Vorhang wieder.

Aus Mozarts Bauernhochzeit war eine Party in einem Fitneßstudio geworden. Don Giovanni verteilte an die Gäste an den Kraftmaschinen Stadtpläne von Erlangen, Luftschlangen und Energiedrinks und war schon wieder bereit zu einer neuen Eroberung. Er machte sich an die niedliche Zerlina heran, die gerade mit ihrem Begleiter auf dem Boden liegend in dem Erlangen-Prospekt blätterte, Sit-ups machte und dabei sang. (Eine Tatsache, die in der Besprechung der Aufführung im Kulturteil der Zeitung besonders lobende Erwähnung finden sollte.)

Don Giovanni, jetzt ganz in weißem Leder, verjagte ihren Gefährten und machte sich mit schamlosen Gebärden an die zierliche Zerlina in ihrem Aerobicdreß heran.

Er hatte leichtes Spiel bei ihr. Wer hätte diesem dreisten Ledermacho und dieser betörenden Musik auch widerstehen sollen?

Lotte schloß die Augen, die Musik schien den ganzen Raum zu überfluten, von den Wänden wieder zurückzuströmen, als sei sie körperlich greifbar. Don Giovannis Stimme war so betörend, so verführerisch leuchtend, so schmelzend warm, daß Lotte alles andere vergaß. Seine dunkle Stimme und die helle der Zerlina rankten sich umeinander, blühten, strahlten und verschmolzen über dem Klangteppich der Streicher:

„La ci darem la mano, la mi direte si ..." Sie trafen Lottes Herz, das ihr weh tat vor so viel vollkommener Schönheit ... Don Giovannis Stimme lockte unaufhörlich, unwiderstehlich *„Andiam, andiam mio bene ..."* Wie hätte Anja da widerstehen sollen? ... Oder war es Zerlina? *„Andiam, andiam mio bene, ... Reich mir die Hand mein Leben ..."*

So viel Schönheit an so einem schrecklichen Tag. Lotte öffnete die Augen. Don Giovanni steckte gerade eine Plastikkreditkarte in den Ausschnitt von Zerlinas Aerobictrikot, während an der Rückwand eine Leuchtschrift aufflammte, *„Visacard – die Freiheit nehm ich mir"*.

Pause. Das Publikum erhob sich, noch geblendet von dem ungewohnten Gesehenen. Man tauchte langsam wieder auf aus einer fernen, vollkommenen Welt der zierlichen Menuette, der schwindelnden Koloraturen und der herzergreifenden Duette und überlegte, wie man möglichst vor den anderen am kalten Büfett sein konnte.

Jutta hatte von ihrer Loge aus im heller werdenden Zuschauerraum Bekannte erspäht und bedeutete ihnen, daß man sich draußen treffen wollte. Lotte und Frau Schobert folgten ihr schweigend. Frau Schobert schien wie in Trance, Lotte ließ kein Auge von ihr.

Selbst der umtriebigen Jutta konnte es nicht entgehen, daß irgend etwas nicht stimmte. Sie legte den Arm um Monika Schobert und erkundigte sich, ob Monika – sie dürfe doch Monika sagen? – ein bißchen frische Luft schnappen wolle.

„Ich möchte nach Hause", stieß diese hervor, „mir geht es nicht gut, verzeihen Sie mir."

„Nein, ich möchte, daß Sie hierbleiben." Lottes Stimme klang so schneidend, daß Jutta ihre Tante fassungslos anstarrte.

In dem Moment nahten Juttas Bekannte mit Hallo, man machte sich bekannt, gruppierte sich um einen Stehtisch, sprach über die Sänger, den Neonphallus und den bevorstehenden Urlaub. Jutta rauchte und erklärte den Anwesenden, wie überaus gut aussehend sie diesen Don Giovanni fände, Lebenswandel hin oder her. Aber das sei mal ein Mann nach ihrem Geschmack. Der Bekannte brachte Sekt für alle, Monika Schobert hielt das Glas in der Hand, ohne zu nippen, ohne sich an dem Gespräch zu beteiligen, plötzlich stürzte sie den Sekt in einem Zug hinunter und stellte das Glas so rabiat auf den Tisch, daß es mit einem Klirren zersprang.

Ein Splitter steckte neben ihrem Daumengelenk. Bemerkte sie es überhaupt? Juttas Bekannter opferte sein weißes Taschentuch, um die blutende Wunde zu verbinden. Frau Schobert schien es kaum wahrzunehmen. Ihre Hände zitterten. Juttas Bekannte blickten befremdet und besorgt.

Es klingelte. Der Kulturreferent und die anderen Honoratioren strebten im Hochgefühl einer hervorragend laufenden Premiere wieder ihren Plätzen zu. Auch das Damentrio nahm wieder in der Loge Platz. Monika war widerstandslos und apathisch mitgekommen. Während die Lichter langsam wieder ausgingen und die Scheinwerfer sich auf die Bühne konzentrierten, beugte sich Lotte zu ihrer verstörten Nachbarin und flüsterte immer wieder:

„Warum? Warum ist er tot? Don Giovanni ... ich meine Robert Wohlmann? War es wegen Zerlina? Ich meine, wegen der kleinen Anja?"

Monika Schobert reagierte nicht.

Auf der Bühne ging das Spiel weiter um den Unersättlichen, den Getriebenen, den zynischen Frauenhelden, der benutzt und wegwirft, trinkt und ewig durstig bleibt, die Rache vor Augen, der Katastrophe entgegentreibend. War Robert Wohlmann selbst schuld an seinem Tod? Hatte er mit seinen Liebesaffären den Bogen überspannt? Lotte grübelte.

Manchmal riß sie die Musik davon, und sie vergaß all die bohrenden Fragen, dann wieder kamen die Stimmen nur noch von fern her, ihr ganzes Denken krallte sich an Robert Wohlmann und Walter Schobert. Warum? Warum?

Der lederbekleidete Don Giovanni auf der Bühne hatte es in seiner Selbstüberschätzung in gotteslästerlicher Weise gewagt, die steinerne Statue des Komturs, den er am Anfang der Oper ermordet hatte, zu verhöhnen und den Toten zu sich in seinen Palast zu laden.

Auf die Schlußszene war der „junge Wilde" besonders stolz. Regionalisierung war schließlich sein Motto! Regionalisierung und Authentizität!

Blutrot war der Festsaal, in dem Don Giovanni den steinernen Komtur erwartet. Blutrot. Aber der glitzernde Kronleuchter, die Stuckgirlanden und Füllhörner an der Decke erinnerten Lotte an den Wassersaal der Orangerie, in dem sie vor kurzem mit Otto getanzt hatte.

Der Diener Leporello hatte sich zitternd versteckt. Don Giovanni selbst stand breitbeinig in der Mitte der Bühne und erwartete Mozarts steinernen Gast.

Da klopfte es. Riesengroß, eine weiße Perücke auf dem Kopf, gehüllt in eine wallende grauschwarze Pelerine, mit schwarzseidenen Kniebundhosen, das Gesicht grau gekalkt saß der tote Komtur auf seinem schwarzen Pferd. Reglos, versteinert wie sein Ebenbild hinten im Schloßgarten. Der steinerne Gast, der Markgraf, war zurückgekehrt, um seine tödliche Rache an diesem schamlosen Frauenhelden zu vollenden.

Es war ganz still im Raum. Dann schnaubte das Pferd. Der steinerne Markgraf schien zum Leben zu erwachen.

Ein schneidender Akkord und dann ein Trommelwirbel zerrissen die Stille. Dann donnerte seine Stimme Don Giovanni entgegen:

„Öffne dein Herz der Reue!"
„Der Reue? Niemals ..."
„Beuge dich, Verbrecher!
„Niemals!"
„Bereue!"
„Nein!"
„Pentiti!"
„No!"

Das Orchester raste mit Forteschlägen, Pauken, Streichertremolos. Dann wurde es still. Der steinerne Markgraf riß sich die barocke Perücke vom Kopf und den weiten Mantel von der Schulter und schwang sich vom Pferd – ein gewaltiger Kerl mit blankpolierter Glatze und nacktem Oberkörper. Mit beiden Händen riß er ein Schwert in die Höhe. Einen Moment schwebte es über Don Giovannis Kopf ...

Da ertönte ein gellender Frauenschrei. Er war lauter als die Musik und ging in ein ersticktes Schluchzen über ...

Kam das von der Bühne? Oder etwa aus der Loge? Einen Atemzug lang war es ganz still im Theater. Die Zuschauer sahen sich irritiert um ... Woher war der Schrei gekommen?

Doch da brauste die Musik schon wieder los, das Richtschwert fiel nieder. Es traf Don Giovanni mit solcher Wucht am Kopf, daß er zusammenbrach. Blut rann über den Bühnenboden, die Hölle tat sich auf, Blitze zuckten. Der steinerne Gast versetzte dem am Boden Liegenden einen brutalen Tritt mit seinem Stiefel, Don Giovanni stürzte hinab von der Bühne, vor die Füße der Zuschauer in der ersten Reihe.

Tot lag er am Boden, Blut rann über seine Rastalocken. Die Höllenfahrt war zu Ende, Don Giovanni, Robert Wohlmann, der ewige Frauenheld war tot. Vom Racheschwert des steinernen Gastes getroffen. Für immer verloren.

Aus der Proszeniumsloge kam ein gurgelnder Laut. War von da her nicht auch der Schrei gekommen? Die junge Frau dort mit der bestickten Weste hielt sich ein Taschentuch vor den Mund und würgte.

Schon setzte die Musik wieder ein zum gewaltigen Finale, die Augen der Zuschauer wanderten von der Loge wieder zur Bühne. Das war ein guter, ein ungewöhnlicher Einfall des Regisseurs!

Die Überlebenden feierten den Tod, ein strahlend barockes Quintett:

„Also stirbt, wer Böses tat, jedem Sünder wird Vergeltung, wenn die letzte Stunde naht! Questo e il fin di chi fa mal! E de'perfidi la morte alla vita e sempre ugual! ...“

Jubel brach los. Welch eine Premiere! Noch fühlte man den Schauer des steinernen Markgrafen, des sterbenden Helden, der dort immer noch regungslos vor den Zuschauern lag. Endlich erhob er sich, Don Giovanni sprang mit einem elastischen Satz auf die Bühne zurück, der Jubel brandete hoch. Füße trampelten, Bravos schallten. Jutta stand vorne an der Balustrade der Loge und klatschte und klatschte.

Monika lehnte an der hölzernen Wand der Loge, das Taschentuch vor dem Mund, ihr Körper wurde geschüttelt von Weinkrämpfen, niemand beachtete sie in all dem Jubel. Lotte erhob sich schwer, nahm sie am Arm und zog sie hinaus vor die Tür, in den Vorraum.

„Ich will es wissen. Ich will es endlich wissen, was sich an diesem Abend an der Schwabach abgespielt hat!"

Man hörte den Jubel, das Füßegetrampel, die Bravos durch die geschlossene Tür, im Hintergrund.

„Sie haben sich zufällig getroffen an diesem Samstagabend. Mein Mann kam vom Tennisspielen. Robert kam von seiner Studentenverbindung."

Monikas Körper bebte vor Weinen.

„Robert hatte getrunken. Er hat sich über Walter lustig gemacht. ‚Hey, da kommt ja mein kleiner Spießerschwager, der alte Geldgeier. Aber da habt ihr euch geschnitten, wenn ihr denkt, ihr könnt das ganze Geld von der Oma abräumen, mein Lieber.'"

Und dann hat er Walter in seinem Suff erzählt, er habe sich eine kleine Freundin geangelt. Harmlos und süß. Ein richtiges kleines Suppenhuhn. Ganz nach Omas Geschmack. Und dabei hat er gelacht. Nächste Woche solle seine süße Anja-Maus einen Kuchen backen und die Oma zum Kaffee einladen. Ich spiele ihr das Stück vom jungen Glück, hat er gefeixt. Dann wird die Alte weich. Ich mach' für sie den braven Jungen. Dann bringt sie es nicht fertig, mir nichts zu vererben. Ich krieg' doch noch die Hälfte ab von ihrem Geld, das garantier' ich dir, mein Lieber. Und was ist mit deiner Professorenfrau?, hat Walter gefragt. Das eine tun und das andere nicht lassen, das ist die Kunst.

Genießen und schweigen, mein Lieber. Und das alles mit einem schönen Geldpolster, denn das ewige Leben habe die Alte mit ihren Herzproblemen da oben in ihrem Stift garantiert nicht mehr.

Walter sagt, dann hat Robby gelacht und gelacht, über „Anja-Maus, das Suppenhuhn", die „Alte da oben" und über ihn, seinen „Spießerschwager". Und dann ist es passiert. Walter hat die Nerven verloren und mit dem Tennisschläger zugeschlagen. Robby ist gestürzt, betrunken wie er war, ohnmächtig. In seiner Panik hat Walter ihm einen Tritt gegeben, und Robby ist in den Fluß gestürzt und sofort im Wasser verschwunden.

„Aber Frau Schobert, um Gottes willen, man bringt doch niemand um wegen ein bißchen Geld?" fragte Lotte fassungslos.

„Ein bißchen Geld?" schluchzte Monika. „Es ist mehr als ein bißchen Geld. Es ist viel Geld. Wir brauchen es. Das mit unserem Haus war eigentlich schon zu viel. Aber ich wollte es so gerne, damit Katharinalein und Nicole nicht in einem Mietshaus aufwachsen müssen, sondern einen Garten haben und all das. Und jetzt ist in der Firma schon wieder von Entlassungen die Rede. Walters Abteilung soll aufgelöst werden. Alles wird ‚reorganisiert'. Er ist sich sicher, daß man ihm demnächst einen Auflösungsvertrag anbieten wird. Wo soll er denn eine neue Stelle hernehmen in diesen Zeiten? Heute gehört man doch mit Anfang vierzig schon zum alten Eisen. Wir brauchen das Geld. Das ganze Geld von Oma. Er hat sich das durchgerechnet. Dann kann er sich vielleicht wirklich selbständig machen. Das ist seine einzige Chance. Aber jetzt, jetzt ist sowieso alles aus."

Tränen liefen über ihre Wangen, die Zähne klapperten aufeinander. Mit einem Aufschluchzen warf sie sich Lotte an den Hals.

„Seit wann wissen Sie das alles?" fragte Lotte leise und

klopfte ihr mit zitternden Händen beruhigend auf den Rücken. Die Antwort war kaum zu verstehen.

„Am Anfang habe ich nichts geahnt", beteuerte Monika, „auch noch nicht bei Robbys Beerdigung. Aber dann ging es Walter immer schlechter. Schlaflosigkeit, Übelkeit. Schließlich hat er es mir erzählt."

Monika Schobert weinte ohne Unterlaß. Lottes Brokatbluse war naß von Tränen. So standen die beiden, während drinnen Don Giovanni, der Frauenheld, der Zyniker, gefeiert wurde, die Blumen flogen und der Regisseur sich vor dem Publikum verneigte.

„Was soll nun werden, Frau Askoleit?"

Lotte sah in das verquollene Gesicht der jungen Frau. Sie dachte an die zwei kleinen Mädchen in ihren gestrickten Pullis, an den Wiesenblumenstrauß zu ihrem Geburtstag, an den Luftballon, an alles, was jetzt kommen würde. An den Kommissar mit seinem traurigen Bart, an die Gerichtsverhandlung, die Zeitungsberichte, die Fotografen, die schamlosen Blicke der Nachbarn, die Bitterkeit in einer kleinen Etagenwohnung, an die zwei Mädchen, die langsam groß wurden, während ihr Vater im Gefängnis saß. Sie dachte auch an den toten Robert Wohlmann ...

„Ich weiß es nicht, Frau Schobert, ich weiß es nicht ..."

Drinnen ging noch einmal der Vorhang hoch, die Sänger verneigten sich zum wievielten Mal, der Dirigent winkte schweißgebadet mit einem Blumenstrauß in der Hand. Der Regisseur umarmte Zerlina in ihrem Aerobictrikot. Die weiblichen Zuschauer umjubelten den lederbekleideten Don Giovanni mit der göttlichen Stimme. Der Kulturreferent lächelte zufrieden.

„Gleich kommen alle heraus. So können Sie nicht bleiben. Hören Sie doch um Gottes willen auf zu weinen, Kindchen. Nehmen Sie mein Taschentuch."

Lotte löste die Arme der weinenden Monika Schobert

von ihren Schultern, straffte sich und wischte Frau Schobert die Tränen aus dem Gesicht.

Monika Schobert schneuzte sich schluchzend, ihre Augen waren verquollen, doch wenigstens versiegten die Tränen. Lotte öffnete die Tür zur Loge und schob Monika wieder hinein.

„Wo habt ihr beiden denn gesteckt?" wandte sich Jutta mit einem kurzen Blick zu ihnen. „War doch super, dieser Typ, oder? Ich glaube, ich gehe öfter in die Oper."

Dann begann sie wieder frenetisch zu klatschen, denn Don Giovanni kam zu einer letzten Verbeugung vor den Vorhang. Langsam gingen die Lichter an. Jutta pustete erschöpft und glücklich.

„War wirklich klasse. Hat's euch auch gefallen? Wo wart ihr eigentlich gerade?"

„Ach, wir haben uns e-i-j-n bißchen unterhalten", erwiderte Lotte.

Ihre Augen trafen sich mit den Augen Frau Schoberts, schienen sich an ihr festzusaugen. Die alte Lotte und die junge Frau Schobert sahen sich an, als seien sie allein auf der Welt. Dann setzte Lotte hinzu, langsam, ganz langsam, als müsse sie jedes Wort erst suchen, während Jutta sie verständnislos ansah:

„Ich habe noch mal über die ganze Geschichte nachgedacht. Ich denke, der Kommissar hat recht. Don Giovanni, ich me-i-j-ne Robert Wohlmann, hat e-i-j-nen Unfall gehabt."

Kennen Sie auch die Fortsetzung des ersten Erlanger Stadtkrimis?

Ines Schäfer
Martini-Mord

€ 9,90
ISBN 3-924158-60-6

Erschienen im Fahner Verlag, Lauf.
Erhältlich in allen Buchhandlungen.

Ein dramatischer Zwischenfall in einem Karpfenlokal. Ein Toter bei einem Handballspiel. Schließlich ein Mord am Martinstag im Schlossgarten! Ganz gegen ihren Willen sieht sich Lotte Askoleit, Bewohnerin eines Erlanger Seniorenstifts, in den Strudel tödlicher Ereignisse gezogen, zwischen denen es zunächst keinen Zusammenhang zu geben scheint.

Ihre Suche nach einer Erklärung führt Lotte kreuz und quer durch das herbstliche und winterliche Erlangen. Nebenbei muss sie im Haushalt ihres Neffen, des Oberarztes, aushelfen, denn dort kriselt es, während sie selbst sich mit Gefühlen konfrontiert sieht, die sie nicht mehr für möglich gehalten hätte ...

Und kennen Sie den dritten Teil der Erlanger Stadtkrimis?

Ines Schäfer
Regnitzgold

€ 9,90
ISBN 3-924158-74-6

Erschienen im Fahner Verlag, Lauf.
Erhältlich in allen Buchhandlungen.

Es wird Frühling in Erlangen und Lotte Askoleit gerät in einen fürchterlichen Verdacht. Ist sie mitverantwortlich für den Tod des Hilfshausmeisters in ihrem Seniorenstift? Schon bald zeigt sich, dass sein Tod erst der Beginn einer mörderischen Kette von Vergiftungsfällen ist. Jedes Mal findet sich das tödliche Gift in einer harmlosen Flasche Bier und das versetzt nach und nach die ganze Stadt in panische Angst.

Lotte Askoleit, die alte, eigenwillige Heldin in Ines Schäfers Stadtkrimis, ist inzwischen für viele Erlanger eine gute Bekannte, ebenso wie ihr Neffe, der Oberarzt, und seine Familie. Bereits zum dritten Mal ist Lotte dem Verbrechen auf der Spur, diesmal zwischen Büchenbach und Tennenlohe, zwischen dem Redoutensaal und der Gruft der „Erlanger Markgräfin“ in der Neustädter Kirche.

Kennen Sie auch den 4. Teil der Erlanger Stadtkrimis?

Ines Schäfer
Hugenottenblut

€ 11,80
ISBN 3-924158-88-6

Erschienen im Fahner Verlag, Lauf
Erhältlich in allen Buchhandlungen.

Ein heißer Augusttag. Der große Erlanger Stadtbrand liegt genau dreihundert Jahre zurück, da scheinen sich die Ereignisse zu wiederholen. Ist das mehr als ein Zufall?

Die Stadt soll ein neues Shopping-Center bekommen und ausgerechnet der größte Gegner des Projekts gerät in das Visier eines unbekannten Täters. Will man ihn zum Schweigen bringen?

Ein Mord geschieht an einer der spektakulärsten Stellen im Herzen der Stadt. Gibt es Zusammenhänge?

Lotte Askoleit, die alte, eigenwillige Heldin der Erlanger Stadtkrimis, macht sich auch dieses Mal ihre eigenen Gedanken über die tödlichen Geschehnisse.